黄昏公園におかえり

Tasogare koen ni Okaeri

Liro Aizawa

PomeraniAttack!

藍澤李色

IIV

黄昏公園におかえり

藍澤李色

装　丁　bookwall
イラスト　雛川まつり

目次 contents

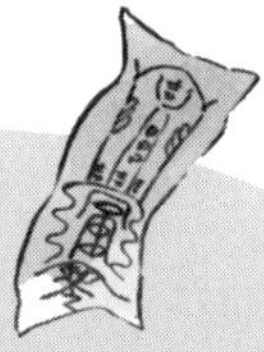

第一話

ポンコツ除霊師、家を出る

「僕はこの家を出る！」

タカヤは立ち上がった。拳に力を込めて、大きな声で言い放った。

「この家を出て、修行してきます！　そして僕なりのやり方を見つけてきます！」

それはタカヤにとって、一世一代の決意であった。

対する父親はというと、やや冷めた様子でこう答えた。

「それはいつごろの話だ」

「今だよ！　今すぐ！　今日から！」

果たして、父は呼び止めようとしただろうか。わからなかった。決意が揺らぐ前に、タカヤはボストンバッグに二日分の着替えと財布、スマホ、大学に必要な最低限のテキストだけを詰めこんだ。そして、宣言から一時間と経たないうちに、家を飛び出したのだ。


そして、さらに一時間後――タカヤは途方に暮れて、家から近い「ゆうやけ公園」にいた。

四つ年上の兄、春日《かすが》は、ベンチに座って落ちこむ弟の姿を見て、深くて長いため息をつく。

「なぁ、タカヤ。お兄ちゃんもこんなことは言いたかないんだが……もしかしなくても結構アホか？」

「……アホです」

春日の言葉に、タカヤは素直にうなずいた。認めざるをえないのだ。

「親父《おやじ》とケンカして家を飛び出したはいいが、住む家もなければ、泊めてくれるような友達もいない、と?」

「……その通りです」

「中学生でも、もうちょっとマシな家出するんじゃないか?」

そうかもしれない。仮にも、大学一年生がする家出ではないかもしれない。

「ずいぶん遅れてやってきた反抗期だなぁ」

「あの、兄さん、……すみません。もう十分反省したので、何とか助けてくださいませんでしょうか……」

春日はニヤリと笑った。その、人の悪い笑顔といったらない。

我ながら酷《ひど》い顛末《てんまつ》だった。考えなしすぎた。向こう数年は、春日にネタにされるであろうことは必至だった。

だけど、家を飛び出したこの日が、タカヤのターニングポイントであったことは、間違いない。

この「ゆうやけ公園」から、タカヤの第一歩が始まった。

死に逝《ゆ》く夜の闇《やみ》からも、生まれ変わる朝の光からも遠い、永遠の黄昏時《たそがれどき》を過ごす幽霊達のいる、通称「黄昏公園」から。

高谷《たかや》隆哉《たかや》、十九歳。苗字も名前も読みはタカヤ。

職業は、大学生、兼『助霊師』である。

そもそもどうしてタカヤが公園にたどりついたかと言えば、発端は父に呼び出されたことだった。

⛩

タカヤの家は、築百年は経《た》とうという古い寺である。名を千住寺《せんじゅじ》という。

一般的な仏教の寺とは異なる。いわゆる檀家《だんか》はなく、教義もない。宗教的にいえば、仏教というよりは神道《しんとう》に近い。それなのにどうして寺を名乗っているのか。それは、神仏習合の名残《なごり》、及び修行の場としての『寺』の名残というより他にない。

つまり、この千住寺に住み代々管理してきた高谷家は、住職でも何でもないのだった。

職業、除霊師。

先祖代々、このオカルトが虚構と信じられる令和《れいわ》になるまで数百年も続いている、古式ゆかしい悪霊祓《あくりょうばら》いの家系なのだ。

そしてタカヤ――高谷隆哉は、この家の跡取り息子である。苗字もタカヤで名前もタカヤだが、これには語ると長くなる事情があるので割愛する。

今時除霊師なんて、と不満を持ったわけではない。これでもタカヤは、一族の中でも開祖以来の逸材《いつざい》と称賛されるほどの霊力の持ち主なのだ。

霊が見えるどころじゃない。話もできるし、ちょっとくらいなら触《さわ》れるのがタカヤだ。高谷家の当主は、その代で最も霊力が強い者が継ぐ。というわけで、タカヤは幼いころから当然のように当主になるものとして育てられた。当然のように、除霊師になるものだと自分でも思っていた。

その上で、タカヤを当主の間に呼び出した父が言ったセリフがこれである。

「お前を高谷家の除霊師として認めるわけにはいかん」

父親、高谷橘《たちばな》は齢《よわい》五十歳にして、現役の除霊師だ。眼力だけで怨霊《おんりょう》を消し飛ばしそうな厳格なオーラを備えている。藍染《あいぞめ》の着物をまとい、腕を組んで正座をするその姿は、どっしりと石像のごとく動かない。

そんな父を前に、タカヤは目を左右に泳がせながらも果敢《かかん》に反抗を試みた。

「いやその、まだ除霊師になれないと決まったわけじゃ」

「なれぬ」

とりつくしまなし。言いたいことはあったが、その時はまだぐっと抑えて正座をしなおした。

「除霊をしようとすれば、頭が真っ白になって固まる。祓詞《はらえことば》、祝詞《のりと》のひとつも出てこない。契約できた使い魔もなし。できることといったら幽霊を見たり話したりすること。そんなもん、その辺の少し霊感が強いだけの一般人と何が違うのだ。言ってみろ」

「えーと、霊にちょっと触れる」

「触ってできることは何だ?」

「……特にありません」

確かにタカヤは霊力が高い。が、肝心の除霊はできない。それは先に指摘された通りである。申し開きができない。

除霊すると相手を消してしまうように思えて、怖くて固まってしまうのだった。つまり、霊力がどうとか実力がどうという以前の問題で止まっている。

なまじ霊力が強すぎるために、タカヤには霊が人間と同じくらい鮮明に見える。声も聞こえてしまう。だから除霊をすると、その霊が人間だった時の心を全《すべ》て消してしまうように思えてしまう。どうしても除霊のための祓詞が出てこない。硬直して、頭が真っ白になってしまう。

弁解の余地なし。

観念して土下座したところで、タカヤの元に父のため息が落ちてきた。

「家を継ごうにも、お前はいまだに使い魔も持っておらん」

「ぐぐ……」

返す言葉もない。

何せ、除霊の現場では役立たず。そんな有様だから、高谷家が代々使役してきた使い魔達をただの一柱とて従えられなかった。

使い魔といっても元は土地神の類《たぐい》だ。霊力を使いこなせない人間に、黙って従ったりはしない。つまり、除霊師としてスタートにすら立てていないタカヤは、完全にナメられているのである。

高谷家所有の使い魔から選べないとなると、どこかの神社寺院に祀られる土地神などと直接交渉して契約しなければならない。分霊してもらうことになるのだが、新しく神社を建立《こんりゅう》するわけでもないのに、個人に力を貸してくれる土地神がどれだけいるだろう。地神信仰の薄まった現代で、それがどれだけ困難なことか。

先祖代々契約を続けてくれている使い魔ですら呆《あき》れさせているのに、新規契約をもぎ取れるほど除霊の世界は甘くはないのである。

いっそ使い魔なしで除霊ができればいいのだが、そういうわけにもいかない。除霊師は幽霊を浄化することができるが、冥界《めいかい》へと送る『御霊《みたま》送り』はできない。霊を死者の世界に送り届けるには、神との間を仲介する神使《しんし》の獣の力、つまり使い魔が必要なのだ。

兄の春日は、契約を許される十歳になってすぐ使い魔と契約している。しかし、タカヤはすでに十九歳。除霊できず、使い魔もなく。もうすぐ成人だというのに、家を継ぐために必要な条件を何ひとつ満たせていない。本当に『霊力だけが一等賞』という非常に情けない事態である。

父が直接説教をし出すのも、道理というわけだ。

だけど、タカヤにだって言い分がある。

「僕だって、何も考えていないわけじゃないです。その……祓詞が出ないのは、どうしても高谷家の除霊方式が苦手っていうか、納得がいかないというか、生理的に受けつけないというか……」

言いながら尻すぼみになってきた。しかし、ここで退《ひ》くわけにはいかない。

「僕には霊が泣いているのも、怒っているのも、人間と同じくらい鮮明に見えるんだ。理由も聞かないで、一方的に排除するなんて可哀想じゃないか。生きている人間だって、急に来た見知らぬ人に叩《たた》かれたら、怒って当然だ」

もちろん、霊と生きた人間を全く同じに扱うべきではないことは、タカヤにだってわかっている。幽霊はそこかしこにいる。害のないものから、怨霊と呼ぶべきものまで。他人よりもよく見えるからこそ、タカヤはそれを誰よりも知っている。

ただ、意志の疎通《そつう》が可能かどうかに関係なく全て強制的に成仏《じょうぶつ》させるやり方に、タカヤは強い抵抗をおぼえてしまうのだ。

「そんな理由で嫌《いや》がっておるのか」

父のドライな反応に、タカヤはがっくりとうなだれた。父にとってはそうなのかもしれないが、タカヤにとっては全然「そんなこと」ではない。

「幽霊だって元は生きた人間じゃないか。強い感情を持っている幽霊もいる。未練を断ち切るまで、少しの猶予が欲しいだけの幽霊だって多いでしょ。それくらい、少し聞いてあげてもよくない？」

高谷家はどんな幽霊でも、依頼があれば容赦《ようしゃ》なく除霊する。幽霊の心情には理解を示さない。少なくともタカヤは納得がいかない。

「同情してそれに失敗するのでは、話にならん」

相変わらず、父の意見は最もだけれど情緒がない。ビジネスライクすぎる。

タカヤの意見に少しでも耳を傾けてくれるなら、除霊のあり方について納得できる理由を聞ければ、それでよかったのに。

ヒートアップしていたことはいなめない。だけどそれは、タカヤがずっと心の中で温めていたまぎれもない本音だった。

「強制除霊は最終手段でもいいじゃないか。幽霊の未練を解消して気持ちよく旅立ってもらう方が、お互いのためじゃない？　そういうやり方にできないの？」

好きで悪霊になる幽霊なんていない。どうしてもぬぐいきれない恨みや哀しみがあるから、その無念のあまり幽霊は悪霊になってしまう。逆に言えば、そこさえ何とかできるならハッピーエンドになるのではないか。

難しいかもしれないけれど、その可能性に懸《か》けてみたい。それがタカヤの願いだった。

「……甘すぎるな」

予想通りというべきか、父の答えはすげないものだった。想定できる返事だった。だからもう一度、自分の想いをきちんと言葉にしようとして——。

「今まで、それを試さなかった先人がいなかったとでも？」

しかし、さすがにこの一言にはタカヤも沈黙せざるをえなかった。

タカヤと同じことを考えた除霊師が、今までに一人もいなかったわけではない。だけどそれは主流となりえなかった。うまくいかなかったのだ。父が言いたいのは、つまりそういうことだった。

「同情すべき点があってもなくても、念の強い霊は生きている人間に悪い影響を与える。だから、高谷家のような除霊師の血筋が存在するのだ。悪影響を持つ幽霊を、強制的に成仏させてでも土地を浄化する。それが一族の使命だ。現代でもその役目は失われてはおらん」

自分ならできる。そう言ってのけられたらよかった。だけどタカヤには、除霊師の基本すら備わっていない。これ以上、何を言ってもタカヤの一方的な感情論になってしまう。

「タカヤ、私はお前の霊能力だけは認めている。継ぐ気があるならば、理想論よりもまず現実を見ろ」

父は間違っていない。数百年も同じことが行われているのは、それ以上にいい方法がないからだろう。

現代も除霊師は現役であるが、時代柄もあって後継者不足に悩んでいる家系は多い。霊力第一の血統主義だから、血筋を引いていても誰でもなれるというわけではなく、そして外部からの新規参入はほぼないのが除霊師業界のリアルだった。人手不足が深刻で技術革新どころではない。

（だからって、諦《あきら》めていいのか……？）

契約使い魔もいないポンコツだけど、霊力だけなら開祖レベル。それがタカヤの唯一無二の個性であり、価値だ。

できないかどうかは、やってみるまでわからない。

「本当に継ぎたいと思っているなら、お前なりの覚悟を見せなさい。遊びではないのだ。感情論では解決せんぞ」

父の言いたいことは、理解していた。

理解したからこそ、言ったのだ。決して軽い気持ちで言ったわけじゃない。

それはタカヤなりに信念を持って放った、人生を懸けた一言だったのだ。

「僕はこの家を出る！」

そして——理想はともかく、今日寝る場所すらないことに気がついて、今に至る。

⛩

夕暮れ時。高谷家から徒歩十分ほどの距離。

タカヤと春日は、住宅街の片隅にひっそりと存在する「ゆうやけ公園」にいた。

カッとなってイキオイで家出をしてしまった。当然ながら住む場所も何も決まっていない。

しかし、ここであっさり家に帰ってしまえば、自分の理想が現実には敵《かな》わないのだと認めてしまうことになる。

散々迷った末に、ことの次第を兄の春日に報告した。結果、家の近くにあるこの公園で一度落ち合うことになったのだった。

「いや、ホントびっくりしたよ。俺もお前がそんな無鉄砲するとは思わなかったし」

「すみませんでした」

「まぁ、家のやり方に、お前なりの考えを持つのはいいことだと思うぜ？」

とりあえず、速攻で家に送り返されなかっただけでもありがたい。タカヤは春日の気づかいに感謝しつつも、己の不甲斐《ふがい》なさに落ちこんだ。

大学卒業と共に除霊師になった春日は、タカヤにとっては兄であり先輩でもある。無闇に否定しないということは、春日にも多少は思うところがあるのかもしれなかった。

和装に厳格な雰囲気《ふんいき》をまとう父親とは違い、春日は見た目だけならその辺にいくらでもいそうな青年だ。髪は茶髪で、服装もジーンズにシンプルなVネックのシャツとかで、目立つアクセサリーといえば蛇《へび》模様の白い革ひもでできたブレスレットくらい。この人の職業が除霊師だといっても、初見で信じられはしないだろう。美容師だといわれた方が信じる。

「さすがに即日家出で宿なしはまずいな。俺としては素直に家に帰るのをオススメしたいけれど、十九歳にしてやっと一念発起した弟の決意に水を差すのもなぁ」

「……ネカフェ難民にでもなるよ。貯金があるうちは、それで何とか」

当面の問題は、寝食の場所の確保だ。遠い目で通帳の預金額を確認し出した辺りで、すっと春日に取り上げられた。

はぁ～っと深いため息をついた後、軽く額を小突かれる。

「何でそっちの方向に思い切るんだ。普通に部屋を借りろ。ちょっと社会勉強に一人暮らしをしたいっていうなら、俺だって手伝ってやれないことはない。お前も大学生なんだし、実家を一回出てみるのはいいと思うぞ」

春日は思っていたよりも、タカヤの家出に肯定的なようだ。そういえば春日は大学に行っている間、一時的に一人暮らしをしていた。単純に家からやや遠い大学を選んだからだと思っていたが、卒業後あっさり実家に戻ったところを見ると社会勉強のつもりだったのかもしれない。

現状、春日に無理やり連れ戻すつもりはないことがはっきりしたので、タカヤも若干肩の力を抜いて話し始めた。

「一人暮らしは、正直してみたかったんだけどさ。思い出したんだよね。僕、アルバイトが向いてなさすぎるってこと。自分で家賃を稼げるとは思えないんだ。やっぱり、最終的には野宿するしか……」

「いやいや待て待て。ストップ。いくら何でも、ウチはそこまで修羅《しゅら》の家じゃない。ちょっと一人で考えたいって言えば、親父だって何とかなるって。俺だって一人暮らししていただろ」

「……でも、家出しておいて家賃出してってのはちょっと」

「家賃のことについては、出世払いってことで話をつけておく。住む場所は俺の知ってる格安の家を紹介するから！　家具とかは、俺が一人暮らししてたころのをやる！　それでいいだろ？　な？」

「出世払い……？」

それは、出世できる見こみがある場合にのみ使える手ではないのか？

自慢ではないが、タカヤには本当に一般人として生きる才能がない。今までいくつかアルバイトに挑戦してみたが、うっかり霊に話しかけて気持ち悪がられる、バイト先を心霊スポットにしかける、あげくには霊障《れいしょう》を誘発して除霊師の世話になる、といった結果である。

タカヤが家を継ぐ気なのは、実利的な面もあった。向いていないのだ。心霊関連以外の仕事が、本当に。

兄がちょっとだけ目をそらした。目を合わせようとしたがらない。当然だろう。実際にタカヤのバイト先で除霊師が必要になる騒ぎとなった時、駆り出されたのはほかならぬ春日である。

「はぁ、それにしてもどうして家出なんて思い切ったことしたんだ」

若干、話をそらされた気がしないでもないが、春日の質問には素直に応える。

「父さんの古いやり方が嫌だって言ったんだ。……僕だって幽霊にはきちんと成仏してほしいって思っている。強制的に排除する、ってのがどうしてもダメでさ」

「うーん、わからないでもないけど」

成仏できないことは、大半の幽霊にとって苦痛である。だから高谷家は、強制的にでも除霊することが最終的には幽霊のためであるとしている。それが全く理解できないわけでもない。

四十八日の供養を受けてもなお、未練や恨みが強すぎて、ずっと地上に縛りつけられている。朝も昼も夜も関係なく、いつ終わるかわからない時間を自分の感情に囚《とら》われてただ存在している。誰にも理解されず、認識されず、ただ孤独であり続ける。多くの幽霊はまともな自意識を保てず、人間に自分の存在や感情を認知させようとして霊障を起こしたり、生きている人間に取《と》り憑《つ》いて本懐を果たそうとしたりする。

それを浄化して祓うのが除霊師だ。強制的に浄化して成仏させる。

だけどそれは霊の意思とは関係なく、一方的で暴力的な排除だ。

成仏できないのは、そもそも未練が残っているからだ。それさえ断つことができれば、苦痛もなく納得して、逝くべき場所にたどりつけるはずなのだ。

　春日は何とも言えないような顔をした。しばらく考えこんで、数分経ってからようやく口を開いた。

「で、親父はなんて？」

「甘すぎるって言われて、こう……」

「普通、それで家出するか？」

「売り言葉に買い言葉、というか」

　本当に、その場のイキオイで出てきてしまった。ぐるぐると思考が迷走しているのが、自分でもよくわかる。父や春日を百パーセント納得させる言葉なんて、そう簡単には出てこない。だから、タカヤなりの『理由』を正直に、誠実に話すしかなかった。

「僕が最初に父さんの除霊を見たの、この公園だった」

「へえ、それは初耳だな。お前、除霊に関することになるとイヤイヤ期に入るから、何も話したがらないのに」

「兄さんの中で、僕はまだ赤ちゃんなの？」

「除霊師としては、赤ちゃんどころか生まれてすらいないと思ってるぞ」

　生まれてすらいない。何気に、父よりもヒドイことを言っている気がする。だが、おおむね事実なので言い返せないのがつらい。

――タカヤがまだ四歳くらいのころ。

近くにはまだ大きな公園がなかったので、この小さな公園にも親子連れがよく遊びにきていた。

だから、その子供がいたことにも特に疑問に思わなかった。何人かいる同じ年ころの子供の一人に見えていた。当時のタカヤは、まだ霊と人間をきちんと見分けることができなかったから。おかげで幼稚園にも行けなかった。

友達がいないタカヤにとってその一言を口に出すのが、どれくらい勇気が必要だったことか。

「一人ぼっちなの？」

誰とも遊ばずに一人で片隅に立っているその子供が、なぜか無性に気になった。だから声をかけた。その子が嬉《うれ》しそうに笑ってくれたから、タカヤも嬉しくなった。

手を繋《つな》いだ時、夏だったのに妙《みょう》にひんやりとしていたのを覚えている。綿菓子みたいに軽かった。

母は近くにいて、どこかに電話をかけていた。今にして思えば、父に連絡を取っていたのだろう。母はそれほど霊感が強くなかったはずだから、タカヤが空気と遊んでいるように見えていたはずだ。

そして、連絡を受けた父がやってきた。

タカヤはまだその子供が幽霊だと気づいていなかった。周りにいた子供の親たちが、奇妙な目でタカヤを見ていたことにも。

鬼ごっこをして遊んで、走っていった先に父が立っていた。

「お父さん、この子おともだち！　名前は、えっと……なんだっけ？」

「ぼくの名前は――」

その子の名前を聞くことはできなかった。

父が祓詞を唱えていたことが、そのころのタカヤにはまだ理解できていなかった。

ただ、光に包まれてその子が消える瞬間、少しだけ悲しそうな顔をしてタカヤへと手を伸ばしたのが見えた。

あの子は何もしていない。ただ、タカヤと遊んでいただけだ。遊びたい、という気持ちしか感じなかった。怨霊の類ではなかったはずだ。

タカヤにとって父がしたことは、今日できたばかりの友達を目の前で消滅させられたということなのだ。

この出来事が心の中に深く突き刺さっていていまだに抜けない。除霊をしようと思っても、いざとなるとあの時の『友達』の顔が浮かんできてしまう。悲しそうな顔を思い出して、覚えたはずの祓詞が喉《のど》の奥につかえて出てこなくなる。

「どうしても、この霊にもまだ留まりたいだけの想いがあるんじゃないか、って思っちゃうんだ。その想いを強制的に消す権利が、僕たちにあるのかな」

春日は少し、困ったような顔になった。「あー」とか「うー」とか、謎《なぞ》の唸《うな》り声をあげている。タカヤの気持ちもわかるけれど、除霊師の立場としては父の気持ちもわかる、といったところなのだろう。

「生きている人間の心は守られるべきなのに、死んだらどうして守られずに消されてしまうんだ？　一回死んだのに、もう一回死なせるみたいじゃないか」

春日はさらに難しい顔になって、しばらく「うーん」と考えこんでいた。

別に家のしきたりに沿って、除霊師の仕事をしている兄を貶《けな》したいわけではない。高谷家のやり方が必要だったからこそ、オカルトがほとんど信じられなくなった現代まで除霊師の仕事が続いているのだと思う。

だけど、どうしても除霊というと、あの時の記憶がちらつく。

あの後、自分がどうしたのか覚えていない。多分、ひどく泣き喚《わめ》いたのだろう。気がついたら家にいて、母親がタカヤを抱いて一緒に眠っていた。

その母も、タカヤが五歳のころに病気で他界した。

母を亡くして、幼いタカヤの心はますます内側に向かっていった。なまじ誰よりも霊をはっきりと見ることができ、その声を聞き、時に触れることさえできるほどの霊能を持っていたからこそ、どうしても除霊に対して割り切れなくなった。トラウマのようなものだ。

「兄さんは、どう思う？」

「俺は親父の言うことも、お前の言うことも、どっちも正しいと思うぜ。お前がどうしても除霊をやりたくないって言うなら、家を継ぐのは俺でもいい。一番霊力が高いヤツが継ぐなんて、それこそ古臭い風習だって俺は思うけどね」

「でも、それだと兄さんが……その、やりたいこととか、できないだろ」

春日は割とタカヤに甘い。タカヤが話を切り出せば「そんなことを気にしなくてもいい」とか「自分で考えて選べばいい」などと言ってくることが、容易に想像できる。

タカヤが生まれてから、春日はずっと跡取りではなかった。タカヤとは四歳差だ。春日から見れば、物心ついたころにはすでに跡取りはタカヤということになっていたわけだ。

春日も小さいころはパイロットになるとか、偉い学者になるとか、色々将来の夢を語っていた気がする。そういう話を、タカヤの前でしなくなったのはいつからだろう。最初から将来を決められていたタカヤに対する配慮なのか、それとも自分が跡継ぎではないからという遠慮なのかはわからないけれど。

タカヤの内心を察したのだろう。春日はニヤリと笑った。

「家を継ぐかどうかはともかく、除霊師になることにはひとつとっておきのいいことがある」

「え？　何それ？」

思わず身を乗り出したタカヤの額をペチンと叩いて、春日は笑った。

「就職活動しなくてもいい！」

「そういうこと!?」

がっかりだ。本当にがっかりだ。期待して損したし、心配して損した。

この飄々《ひょうひょう》としたところがある兄の本心を、簡単に読めると思った自分が馬鹿だった。

「そうむくれるなよ、タカヤ。お兄ちゃんだって、アドバイザーくらいにはなってやるよ。ほら、お前の場合はまず、相棒探しをしないとだしな」

「そうだった」

除霊師には使い魔が必須。冥門《めいもん》に魂を送る、神の使いとなる獣を探す。そして契約にこぎつける。そこまでいかないと、除霊師としてスタートラインにも立てない。

「出てこい『みつるぎ』」

春日がその名を呼ぶと、右手に巻きつけていた白いひものブレスレットは、白蛇《はくじゃ》の姿になって春日の肩にするりと登っていった。春日の使い魔である白蛇神だ。高谷家に代々伝わる使い魔の一柱。

「残念ながら、俺のみつるぎを貸すことはできない」

「そりゃわかってるよ」

「俺のみつるぎも、親父の使い魔も、他の高谷家にいる使い魔たちも、元をただせば土着の神だ。望んで高谷の血筋についてきた神もいれば、神仏習合や土地開発、後継者問題で神域を失って高谷家が保護した神もいる」

そういえば父の下に、後継がいなくて困っている寺や神社から、人が訪ねてくることがあった。使い魔は分霊された土地神だけではなく、そういう『居場所を失った神』の引受先にもなっているのだろう。

「要するに、僕もそういう居場所を亡くした神様と交渉すれば、使い魔になってもらえる可能性があるかも、ってこと？」

「まぁ、そういうことだな。既存の神社に分霊してもらうよりは、まだ可能性が高い」

基本的には、寺も神社も世襲制。世襲できなければ同じ宗派から住職や神主《かんぬし》を出すことになるはずだが、どうしても見つからないことはあるらしい。

後継者のいない神社、寺院から神使の獣を譲り受けることは、現代だと下手に土地神を説得しようとするよりも有効かもしれない。

「ただ、そういうところの神使って信仰を失っているわけだから、弱体化しているかもしれない。使い魔はその土地でどれくらい信仰されていたかで神力の強さが決まるからな」

「それって、僕の霊力で何とかならないの」

「お前くらい霊力が強ければ、ある程度は弱った神力の補充ができるかもしれないけど、やってみないことにはな」

使い魔がいなければ始まらないのだから、強い土地神をなんて高望みはせずに、まずは契約してくれる神様を探さなければならない。春日もそう思ったからこそ、こうやってヒントをくれたのだろう。

土地神自体は、そう珍しいものではない。むしろあらゆる地にいると言ってもいい。寺や神社はもちろん、古くからある民家などにも分霊やごく小さな地域を加護する神がいたりする。知名度や力の強さを問わなければ、日本のどこでも神様の痕跡《こんせき》が見つかる。

そう、ちょうどこの公園の片隅にある、古びたちっぽけな神社のように。

「あるじゃん!?　っていうか、公園に神社?」

「ん?　ああ、アレのことか?」

タカヤの視線、春日が指さした先。

そう、このゆうやけ公園には、なぜか小さな神社がある。鳥居は小学生くらいの背丈しかなく、お社も大人の背丈ほどもない。両隣を白い石で作られた丸っこい狛犬《こまいぬ》が守っている。

「多分、この公園が公共の土地になる前に、地主が持っていた屋敷神かなんかの神社が残されたんだろうな。この神社に神使が残っているかっていうと……いても多分、消えかけだろうなぁ」

この半ば忘れられかけた神社の狛犬には、恐らく微弱な力しか宿っていない。何か強い力があるのなら、それこそタカヤはとっくに何かがいることに気がついていたはずだ。

タカヤの霊力をもってても、ほとんど感じられない。でも、完全には消えていない。

たとえ使い魔が微弱であっても、タカヤの霊力は強大だ。何せ、霊力だけなら魑魅魍魎《ちみもうりょう》が闊《かっ》歩《ぽ》していた時代にあった高谷家の祖先に匹敵するというのが、タカヤなのだ。

小さい鳥居の前で一礼して、狭い境内に入る。春日が焦って駆け寄り、しかし鳥居手前で立ち止まる。タカヤが何をしようとしているか、気づいたからだろう。

「タカヤ、本当に使い魔を探すのか？　この神社で？」

術者が契約しようとしている場に、他の人間が入ってはならない。ましてや春日はすでに使い魔を持っている除霊師だ。他の土地神の神域には、おいそれと立ち入れない。

「いるかどうかは、この神社に聞いてみないとわからないよ」

苦い記憶もある場所だけど、この公園は亡き母親と一緒に来た思い出の場所でもある。この場所をずっと守ってきた神社だ。

「僕は、この公園の神使がいい」

柏手を打ち、祝詞を唱えた。

「遠《とお》つ御祖《みおや》の神、御照覧《しょうらん》ください」

小さな木戸に閉ざされた社に、光がともる。

祝詞に反応したということは、ここにはまだ神がいる。完全に絶えたわけではない。霊力の気配がタカヤには視える。

「高谷隆哉、高谷の祓い師。かけまくもかしこきこの地の神、この神籬《ひもろぎ》にあまくだりませとかしこみかしこみ申す。神使をお借り申し上げます」

ぼんやりとした光が、ゆらゆら揺れる。その光がタカヤの周りをゆったりと廻《まわ》った。

値踏みをされているのだろうか。タカヤはただ、その時を待った。

やがて、ゆっくりとタカヤの足元に光が集まってくる。

それが獣の姿を作って、そして。

「お主が我と契約を結びたいという若造だな！」

妙に偉そうで、そして甲高い声が響き渡った。

そこにいたのは、ふさふさとした白い毛並みの、耳がピンと立った——。

「……ポメラニアン？」

「狛犬じゃ！」

ポメラニアン、もとい狛犬はものすごいスピードでジャンプして、タカヤの顎《あご》に頭突きをかましてきた。尻餅《しりもち》をついて倒れると、そのポメラニアン（狛犬）はタカヤの胸元に乗って、たしたしと前足で叩いてくる。

「礼儀を知らんな、若造。ワシはこの地の神」

「ポメラニアンが、神……」

「こ、ま、い、ぬ、じゃ！　ボケ！」

毛を逆立てて抗議されても、かわいい以外に感想が出てこない。

タカヤとしては狛犬でもポメラニアンでも神使であればよいわけなのだが、それにしても祝詞一発で召喚されるとはあまりにも簡単すぎる。拍子抜けだ。

「あの、自分で言うのもだけど、何で僕に力を貸してくれる気になったんです？」

一瞬、ポメラニアンは怯《ひる》んだ、ように見えた。

「……まだ貸すとは言っておらん！　ただ興味深い霊力の持ち主だから顔を出してやっただけじゃ」

「今、何で一瞬黙ったの」

「知らん！　気のせいじゃ。さぁ、仮契約じゃからお前には真名《まな》はまだ教えぬ。ワシに使役するための名を与えよ」

「仮契約？」

「お主を試す。ワシのお眼鏡に適《かな》ったら、正式な使い魔としてくだってやろう」

たしたし、たしたしと、小さな前脚で叩いてくるのは、もしかすると威圧をしているつもりなのだろうか。

タカヤはやや真顔になって、このポメラニアンにしか見えない自称土地神を見た。もし試した結果が不適格ならそのまま帰ってしまうということか。

もちろん、全力をもって臨《のぞ》む以外にない。しかし、変に心を込めた名前をつけすぎても仮契約の分際でもう自分のものにしたつもりかと怒られやしないだろうか。

悶々《もんもん》と考えた末に、タカヤは。

「じゃあ、毛玉……」

「貴様、次は顎ではなく股間《こかん》に頭突きをかますぞ」

「え、いやそれはちょっと」

むしろ雑につけたらダメだった。あの勢いで股間にアタックされたら、さすがに男の尊厳が失われかねない。

春日の方に目をやれば、今にも爆笑寸前の様子。他人事《ひとごと》だと思って。白蛇のみつるぎですら、何やら愉快そうにクネクネしている。

兄の使い魔は白蛇で『みつるぎ』。父の使い魔は白狐《びゃっこ》で『くずのは』。

特にひらがな四文字にこだわる法則はない。ポメ子とかつけたらまたポメ弾丸が来そう。

この白いモフモフ毛玉ポメラニアン（狛犬）に、よい名前。よい名前とは。

毛玉ポメラニアンを抱える。きちんと生き物の気配がする。柔らかくて、温かくて、どことなく幼いころに母親にだっこされた時のぬくもりを思い出した。

この公園には、母とよく来ていた。今は亡き母親の名前は、銀香《ぎんか》。

「……しろがね。お前の名前はしろがねにする」

白い毛玉で、母親の名前から一文字もらって『しろがね』。

これにはポメラニアンもご満悦のようだった。

「よかろう。ならばこれをもって仮契約とする。我、しろがねはこれより高谷隆哉の使役となり、対魔霊神の伴と成る」

タカヤの右手の甲に、一瞬何かの模様が浮かび上がって、そして消える。おそらくこの土地神を示すものだ。高谷家の契約には入っていないから、見たことがない模様だった。

「これで僕にもやっと使い魔が……」

感動しかけたところで、釘《くぎ》をさされた。

「……一時的にじゃぞ」

「一時的に」

一瞬真顔になったが、すぐに気を取り直した。

（ひとまず仮とはいえ神使の力を借りることには成功した！）

最初のハードルはギリギリクリアだ。ここから先は、実際にタカヤのやり方で除霊ができるかどうかだ。むしろそちらが本題である。

浮かれそうになった心を、必死で抑えこむ。家出までして、自分のやり方を貫くと宣言したのだ。ここで使い魔契約がダメになったら、次があるかもわからない。

ポメラニアン、もといしろがねはというと、春日をじっと見て鼻をフンフン鳴らしていた。

「何じゃ、もう除霊師がおるではないか。お前、何しに来たのじゃ」

振り向いたしろがねがタカヤをうろんな目（をしていると思われるクリクリのつぶらな瞳）で見上げてくる。一人前の除霊師がいるのに、わざわざ半人前ですらないタカヤが神使を呼び出して契約したことを訝しんでいるのだろうか。

春日は肩をすくめ、みつるぎを腕に巻きつけるとしろがねの鼻先に突き出した。

「俺はコイツの兄貴でね。新米除霊師のアドバイザーだよ。だから、基本的には手を貸さない。みつるぎもそう言っている。弟をよろしくな、しろがねさん」

「様をつけろ、ジャリガキ」

「おい、お前の使い魔クチ悪いな?」

兄の抗議に、タカヤはそっと目をそらす。

「まだ仮契約だし、ホラ」

忘れられかけた弱い土地神であるから、もう少し大人しめな性格かと思った。思っていた以上に我が強い。ひたすらに我が強い。

しろがねは短い足を使って石畳をカリカリとやりながら、フンスと鼻息をついてタカヤを見上げた。もしかして、穴を掘っているつもりなのだろうか。

「色々言いたいことはあるが、ひとまず今日は許してやろう。本契約前に、お主にはまず実際に除霊を行ってもらう。ふさわしいと思える除霊を成して見せよ」

「え?　今すぐ?　ここで?」

「そのとおり。幸いにして、この近隣には幽霊が多い。ほら、あそこにもおるだろう。まずはあれを除霊してみよ」

しろがねはとてとてと、小犬にしか見えぬ足取りで鳥居をくぐる。タカヤも後を追って鳥居をくぐった。

その先にいた幽霊、しろがねが除霊をしろと指示したそれは、五歳ほどの子供の霊。ブランコに乗って、ぽつねんとたたずんでいる。

よりにもよって、幼児。トラウマの原因の幼児の霊。

「しろがね、幽霊なんて他にもいるだろう。なんであの子供なんだ。ほら、あそこのベンチに座っているおじいさんの霊でもいいだろ？」

タカヤは、先ほど二人で座っていたのとは別のベンチにたたずんでいる、ほんわかとしたおじいさんの霊を指差す。

そこでポメラニアンが飛んできた。文字どおり、弾丸の如《ごと》く。ポメラニアタック二回目は、腹にくらった。股間よりはいいけれど、しばらく地面に崩れて悶絶《もんぜつ》する。

吹き出す笑い声が聞こえる。絶対に春日だ。後で抗議したい。

春日の笑い声など気にも留めず、ポメラニアンはフンスと荒い鼻息を出す。

「タカヤよ、そんなお願いしたらすぐにイイヨーと逝《い》ってくれそうなジジイばかりを相手にするなら、除霊師なんぞいらんわボケ！」

ぐうの音も出ない特大正論に、タカヤはお腹を押さえながらその場に正座した。使い魔のポメラニアンに説教を食らう除霊師（仮）とは。

「そのとおりでございます、しろがね様」

「わかればよろしい。さぁ、除霊をしてみせるのじゃ」

しろがねの耳がピンと立った。いちいち愛玩動物の仕草なので、調子が狂う。

しかし、どう考えてもしろがねの方が正しい。

除霊師としてやっていくにしても、社会に出るにしても、タカヤは霊と向き合わなければ生きていけない。霊は常に自分の隣人だ。世界のレイヤーが少し違うだけで、彼らはそこにいる。どこへも行けないことこそが、霊にとって最大の不幸である。それが高谷家の理念だ。それは、タカヤも否定しない。

だけどその場所から解放する方法が強制除霊しかないのは、やっぱり納得できない。目の前で消えたあの『友達』のように、悲しい顔をして逝ってほしくない。

誰も成功できた先人がいないというなら、自分が最初の一人になる。

幽霊と対話して、納得させて、成仏に導く除霊師になる。

「……やる。僕のやり方で、僕ができる方法で、あの子を送る」

タカヤは大きく息を吸って、また吐いて、そして幼児の幽霊に近づいた。

なるべく目線を合わせるようにして、地面に膝をつく。強制除霊ができないのなら、まずは話ができるか試してみなければ始まらない。

「こんにちは」

幼児の霊は、タカヤを見た。そして不安そうな顔になった。

春日の「挨拶《あいさつ》かい……」という言葉が、いかにも微妙《びみょう》な顔をしていそうな声音で聞こえてきた。聞かなかったことにする。いちいち我に返っていたら、何もできない。

「怖くないよ。僕は君を消したりしないし」

『ママは知らない人に話しかけられても、ついていっちゃダメだって言った！』

「そっち!?」

後ろでポメラニアンが、プスッと鼻息を鳴らした。笑うんじゃない。

春日は幼児の霊がいるあたりを、しげしげと眺めている。

除霊師とはいっても、恐らく春日にはそこに霊がいる影がわかる程度なのだろう。専用の護《ご》符《ふ》などを使えば別だが、普通は怨霊でもない浮幽霊の姿形、声などが、はっきり知覚できることはない。タカヤが何もしなくてもはっきりと見えるのは、霊力が突出しているせいである。だから、全容がわかるのはタカヤと使い魔のしろがねだけ。霊の説得に、春日のアドバイスは受けられない。完全にスタンドアローン。

「僕はママの知り合いのお兄ちゃんだよ！」

「ダイナミックに嘘《うそ》をついたな」

「ポメ狛犬はちょっと黙ってて」

説得に横槍《よこやり》を入れないでほしい。しろがねを小脇《こわき》に抱えて口を塞いでいると、抗議のつもりなのかブンブンと尻尾《しっぽ》を振り回された。

しかしそんな小犬の様子が、逆に幼児の興味を引いたらしい。

『お兄ちゃん、ワンちゃんさわっていい？』

「ああ、いいよ」

『わあい、もふもふ！』

撫《な》でる子供。尻尾を振るポメラニアン（狛犬）。

「タカヤ、俺には細かいことは見えないから念のために聞くが……除霊してるんだよな」

「……多分」

兄の言葉に、タカヤもやや真顔になりながら返した。ペットと子供のわくわくふれあい劇場ではない。春日には、しろがねが勝手にフスフスと鼻息を鳴らしているようにしか見えないだろう。

しかし、幼児がしろがねに興味を持ってくれたのは幸いだった。ポメラニアンな外見も、警戒心を解くという点では大いに役に立つ。これは春日のみつるぎでは難しいだろう。タカヤはプラス思考に持ち直した。

話を聞いてくれる気になっただけマシだ。

「君は、どうしてここにいるの？　ママは？」

話題の選び方が不自然じゃないように、再び会話を試みる。ママの話題を出していたから、母親と一緒にこの公園に来ることが多かったのだろう。

『ママはね、おなかに赤ちゃんがいて、あんまりとおいところいけないの。だからね、いつもの公園じゃなくて、こっちの公園にきてたの』

（……ということは、このすぐ近くに住んでいた子なんだな）

大きな公園ができてから、子供連れはみんなそちらに行くようになっていた。この子の母親は、妊娠してから少し離れた公園に子供を連れていくのが大変になったため、この人気がない小さな公園に連れてきていたのだろう。

タカヤはスマホで、ゆうやけ公園付近で幼児が死んだ事件、事故がないか検索する。ヒットしたのは一週間前のニュース。公園すぐ近くの交差点で、信号無視の車に幼児が轢《ひ》かれて死亡している。犠牲になったのは、吉住《よしずみ》サクラちゃん、四歳。

「サクラちゃん、ママと一緒には来なかったのかい？」

ゆっくりと、子供にもわかる言葉を選びながら話す。幼児は「ううん」と首を横に振った。名前を呼んでも否定しなかったから、事故に遭ったサクラちゃん本人で間違いないらしい。

『ママは、赤ちゃんのことでいそがしいの』

「寂しかった？」

『さびしいけど、しかたないの。サクラはおねえちゃんだからガマンするんだよ』

そうして、一人で公園にやってきたのか。かまってもらえなくて、お腹にいる弟か妹に嫉妬《しっと》して拗《す》ねる。そういう話はよく聞く。だけど、そんな理由でもない気がする。ガマンするといった彼女の表情は、さほど不満そうではないからだ。

「そっか、偉いね」

『サクラ、えらいの？』

「うん、とっても偉いよ」

サクラはふにゃりと笑顔を見せた。もう警戒心が解けた。人懐っこい子だ。

「この公園で、何をしてたの？」

『お花さがしてるの。サクラと赤ちゃんの花。ママのところにもってくんだよ』

サクラと赤ちゃんの花、という意味はよくわからない。だけど、ひとまずこの幼児の目的は判明した。公園まで母親のために花を摘みに行く最中、事故に遭ったということだ。つまり、花を見つければ未練が昇華できるかもしれない。そして、一週間前だから、まだ咲いている花である可能性も高い。

花壇《かだん》、植えこみ、街路樹、神社の周り。花はいくつか見つかるけれど、どれのことだろうか。

「サクラちゃんと赤ちゃんのお花って、どんなのだろう？」

『ママがね、赤ちゃんはあきごろ生まれるから、アキってなまえにするっていってたの。だからね、サクラとアキちゃんと、ふたりでいっしょのおなまえの花なの』

まるで謎かけのようだ。アキとサクラ、ふたりでいっしょ。

ふと、神社の周りに目が止まった。早咲きのキバナコスモスが、揺れている。

コスモスは、漢字で書くと「秋桜」だ。

「サクラちゃんが探しているの、このお花だよね」

神社周りのキバナコスモスを何本か摘んで、彼女に見せる。

彼女の表情がパッと明るくなった。

「お花はお兄ちゃんがママのところに届けてあげるよ」

本当は彼女が母親の下に届けられたら一番なのだけど、残念ながらそれは難しい。花を摘んで満足して、それで成仏してくれるならいい。それが、いちばん早く彼女を本来いるべき場所へと連れていく近道だ。だけど――。

『ダメ。ママにあげないとダメなの！』

「そっか……そうだよね」

そんな気はしていた。大人だって理屈だけで納得して生きているわけではない。ましてや、こんな小さな子供に、一番近い家族である母親に会うことを、「できない」の一言で納得させるなんて無茶だ。

（できない、じゃなくてやらないと）

そのためにタカヤは対話を試みているのだから。

たった四歳の子供が、未練で幽霊になるくらいに母親のことを気にしている。どうにかして母親に会わせてやりたい。問題は、どうやって会わせるかだ。

死の自覚が薄くなりがちな事故死の霊や特別な場所への思い入れがある霊は、地縛霊になりやすい。もしサクラが地縛霊になっていたら、あまり遠くには行けないから家に案内してもらうことはできない。

そしてこの歳の子供では、自宅の住所を正確に暗記していることはまずないだろう。そもそも霊になった時点で、記憶がはっきりしている保証はないのだ。

たとえ記憶があり案内してもらえる場合でも、いきなり見知らぬ人間が訪ねてきて話を聞いてもらえるかどうか。ヘタを打てば通報案件だ。

「おい、タカヤ。今日ならむしろ、会えるかもしれんぞ」

急に、しろがねが足元に鼻先をぐりぐりと押しつけてくる。一見するとかわいらしい姿だが、そんなことよりも言葉の意味の方が気になった。

「どういうこと?」

「この娘の事故があってから一週間ほど。法要を終えたころじゃ。お参りに来るかもしれん」

「あ、なるほど」

死者の法要は初七日で一区切り。彼女の家族は、やっと法要を終えて一息ついたころだろう。だからこそ、訪れるかもしれない。彼女、サクラが亡くなった事故現場を。

ただ、どうやってサクラを事故現場に誘導するべきだろう。地縛霊に限らず、幽霊は基本的に愛着のある場所から大きく移動したがらない。ましてや自我がかたまりきっていない、幼児の霊ならなおさら移動したがるようにするのは難しい。

「ワンちゃん、サクラともあそぼうよ～」

しろがねの仕草が、タカヤにじゃれついているように見えたのだろう。サクラの注意が、コスモスの花からしろがねに移った。

「しろがね、そのままサクラちゃんを誘導して！」

「ふむ……なるほど。ほれ、小娘、こちらに来い」

いかにも愛くるしい小犬の仕草で、しろがねはサクラの注意を引く。サクラは大喜びでしろがねを追いかける。

過程はどうであれ、サクラを母親と引き合わせられたらいい。サクラ自身が、自分の事故現場であることを自覚する必要はない。彼女が未練に思っているのは、事故で死んだことではなく、母親に花を届けたかったことなのだから。

「俺はここで様子を見ている。ぞろぞろ行ったら、おかしいだろうからな」

春日は公園の入り口に残った。タカヤは兄に頷いてみせて、一人と一匹の後を追う
尻尾を振るしろがねを追いかけるサクラの後を、ゆっくりとついていった。ポメラニアンな外見、案外役に立つ。

都合よく今日母親と会えるかはわからない。何時間も、何日も待つことになるかもしれない。

もしかしたら彼女はずっと来ないかもしれない。

それでも、この小さな女の子には、心残りなく旅立ってほしい。

公園から少し歩いたところにある交差点。そこに小さなジュースの缶と、死者を弔《とむら》うには不似合いな花が供えられている。おそらく花屋で買ったのであろう、ラッピングされたコスモスの花。数日経っているのか、すでに萎《しお》れてしまっている。

普通、弔花《ちょうか》にコスモスは選ばない。一般的なのはやはり、菊だろう。この花を選ぶとしたらそれは――。

『ママ！』

サクラの視線が、しろがねから上に移動する。

そこには一人の女性がいた。

暮れなずむ道、花束を抱えた身重の女性。その花束は、色とりどりのコスモスだけで作られていた。

彼女はキバナコスモスを手にしたタカヤに気づいて、少し戸惑ったような表情を見せた。彼女には、タカヤが持つこの花の意味がわかるはずだ。

サクラは不思議そうに女性を――母親を見上げている。彼女にはわからない。自分の姿が母親には、もう見えていないということが。

ここから先は、タカヤの『仕事』だ。

「あの、すみません、サクラちゃんのお母さん、ですよね」

怪しまれるのは承知だった。今までだって何度も、突然幽霊の話をしてウサン臭いような顔をされてきたから。自分が見えている世界を理解してくれるのは、いつも家族だけだった。霊の言葉を聞いても、それは生きている人間にはわからない。

だけど、そんな自分だからこそできることがある。それが除霊師の仕事だ。

死者に、心残りなく旅立たせることができる仕事なのだ。

「あの、うちの子のお知り合い、で？」

不審そうに見られる。この子くらいの年齢なら、母親や保育園などの大人を通さずに人間関係を築くことはまずない。当然の反応だ。

「サクラちゃんが、貴方に話があると言っています」

上手く説明するには、タカヤはまだ世間を知らなさすぎる。だから、せめて誠実に正直に伝えるしかない。

「いきなり、何ですか？」

「サクラちゃんの幽霊が、貴方に伝えたいことがあるって言っています」

サクラの母親は、不気味そうにタカヤを見た。ずっと、ずっとこういう目で見てくる人ばかり見てきた気がする。幽霊が見えることは、タカヤにとっては普通だけど、他の人間にとっては違う。そのことを理解して、切り分けられるようになったのはつい最近だ。

今でもタカヤには、人間の友達は一人もいない。人間と上手く付き合っていくには、タカヤはあまりにも死者の霊が見えすぎた。どうしても気味悪がられてしまう。アルバイトに失敗したのも、家を継ぐ以外に道が見つからないのもこの霊力のせいだ。

それでも、誰かを救うためにに使うことができればと思った。

この先できる友達が「人間」でも「幽霊」でも、幼いあの日のように何もできずに後悔したくはないから。『友達』だと思っていた手を離して、悲しい顔をさせてしまったことを覚えているから。

だけど、現実はタカヤの理想を察してなんてくれない。サクラの母親は、明らかに疑うような眼差しをこちらに向けている。

「いたずら？　それとも宗教かなんかですか？」

「ち、違います！」

まさか怪しい宗教だと疑われるなんて思わなかった。ある意味宗教なのかもしれないけど、意味がだいぶ違う。

冷静に考えてみれば、それも当然だった。彼女は霊感なんてかけらもない一般人なのだ。いきなり亡くなった我が子の霊について語り出す学生なんて、怪しいと思うに決まっている。

だけど、サクラは確かにここにいる。

母親には見えないだけで、彼女は目の前にいるのだ。どうにかして伝えなければ。

「あの、この花を渡しにきたんです。サクラちゃんが、ママへのプレゼントだって。アキとサクラの花だって、言っているんです！」

さっき摘んだばかりの、キバナコスモスの花を差し出した。

この花の意味が、彼女にはわかるはずだ。それがサクラと自分しか知らないはずの情報であることを、事故現場にコスモスの花を供えていた彼女なら気づくはずだ。

彼女はタカヤに気づいた時、顔ではなく持っている花の方を見た。最初から花のことを気にしていた。だから、信じる。

大きく目立つようになった身重の身体で、ここまでお参りに来るのは大変だっただろう。それでも来ずにはいられなかったのだろう。どうしても、この二人にもう一度顔を合わせてほしい。サクラに、ママともう一度話をさせてやりたい。

サクラは何度も、「ママ?」と呼びかけている。サクラの声を、直接伝えたい。

「しろがね、力を貸して」

「今、ここで?　この状況でか!?」

「他に何があるんだ!　護符なしでも、姿と声を届けたい。ほんの数秒でいいんだ!」

サクラの母親は戸惑いの表情を浮かべている。

少なくとも、怪しい宗教だという疑いは晴れただろう。

彼女はタカヤの持つ花を見ている。コスモスの花の意味を理解している。

「かけまくもかしこき、地の神に申し上げます。この身を霊媒《れいばい》とし、その御力をもって、彼の者の目に真霊の姿を映したもう。かしこみかしこみ申し上げます」

「ぬおおお、勝手に正攻法で力を借りるな！　あと、一般人の前で軽率に霊力を使うな！」

突然祝詞を唱え始めたタカヤに、しろがねは悲鳴じみた説教をまくしたてたが、尻尾をピンと立てながらタカヤに霊験《れいげん》を貸してくれた。仮契約なのだし、拒否をすることもできたはずだ。それなのにちゃんと力は貸してくれるらしい。

急にやってきて、急に娘の話をして、急によくわからない呪文《じゅもん》めいたことを口走って。どう考えても不審者だ。この場で通報されたって文句は言えないレベルだ。

それでも、この人がまだここに立っているのは、この花はサクラが持ってきたものだと信じかけているから。信じたいと望んでいるからだ。

自分の娘がここにいるというなら、会いたくてたまらないはずだ。

「すみません、正直わけがわからないと思うし、気持ち悪いと思われても仕方がないと思います。でも、サクラちゃんはどうしてもこの花を貴方に渡したくて、そのために頑張ったんです。だから、受け取ってください」

アキとサクラの花。秋桜の花。

母親の手が、差し出された花に触れる。

その手をじっと、サクラは見上げている。

「サクラちゃんは、ここにいます。僕の言葉は信じなくてもいいから、サクラちゃんとこの花は信じてください」

その時彼女は、確かにタカヤの言葉を心から信じたのだと思う。

ほんの一瞬だけ、強い風が吹いた。

数輪のキバナコスモスのうちの一輪が、風に飛ばされてガードレールを越えていった。

そして、母親とサクラの眼差しはその瞬間に、確かに交差した。

『ママ……！』

「今、サクラがそこにいるのが、一瞬だけ……見えた、ような」

霊力がなければ、幽霊は見えない。春日ですら、幽霊がいることはわかる、輪郭のようなものがわかるけれども、はっきりと表情を読み取ることはできない。ましてや、声を聞き顔立ちを見分けることなど、タカヤくらいの突出した霊力がなければできないことだ。

それを、しろがねの力を借りることで、ほんの一瞬だけこの母親にサクラだとわかるくらいに姿を見せることができた。

「サクラちゃんは、ここにいます」

「本当に……本当に、いるのね。私のために……花を」

サクラは、タカヤの手をキュッと握り返した。自分の手はもう母親には届かない。それを理解したみたいに。

冷たくて、軽くて、実態のない幽霊の手触り。タカヤが人生で唯一できた『友達』と同じ感触。

『ママ、ごめんなさい』

「ごめんなさいって、言っています」

そのまま、彼女の母に伝える。

花を探していたのは、母親に謝りたいことがあったから。

その花を渡すことに、意味があったから。

「サクラが、本当にそう言って？」

「はい」

母親の目から、涙が溢れる。

パサリと音がして、花束が道路に落ちた。タカヤが渡したキバナコスモスと、母親が持ってきたコスモスの花束が灰色のアスファルトに彩りを添えた。

お腹の中にいる子が生まれたら、二人でひとつの名前になるはずだった花。

彼女はそれを拾うでもなく、タカヤの右隣へと視線を向けた。きっともう、見えてはいないだろう。二度と見えることもないだろう。だけど、彼女はそこに自分の娘がいるのだと信じた。一瞬見えた我が子の存在を、信じてくれた。

「ごめんだなんて……謝らなければいけないのは、ママの方なのよ。ママがサクラのことをちゃんと見てあげていなかったから……」

サクラは一人で外出できるような年齢ではない。きっといなくなった時、母親は必死に探したはずだ。

だけど、母親が探している間に、サクラは事故に遭ってしまった。

どれほどつらかっただろう。後悔しただろう。きっとあと少し早く見つけられていれば、サクラは事故に遭わなかったと、何度も自分を責めたに違いない。

秋の桜。コスモスの花。

タカヤは身重の彼女の代わりにコスモスの花束を拾って、持っていたキバナコスモスと一緒に、ジュースの缶に差し替えた。ピンクと白と、黄色。華やかなコスモスが、風に揺れる。

「サクラはきっと私とこの子に、花をプレゼントしてはげましてくれるつもりだったのね」

花が揺れる。涙がその上に落ちていく。

「サクラ、お花ありがとう」

サクラは何も言わず、ただ笑っていた。きっと彼女にはもうわかっていた。返事をしても母親にきこえないことを。返事をしなくても母親には想いが伝わるということを。

だけど、もうお別れしなければいけない。恐らく、今ならサクラを成仏させられる。むしろ、今この瞬間でなければ成仏できないかもしれない。母親に花を渡せたことで一時的に想いを遂げても、今度は母親と離れた寂しさが未練になって、成仏するタイミングを逃してしまう。

母親のそばにいても、母親はずっと自分を認識してはくれない。今は大丈夫でも、この先ずっとそれが続いていくのだ。それを自覚したら、恐らくサクラはもっと悲しい思いをする。そんなことは、母親だって望まないだろう。事故のことでこれだけ後悔して泣いている人が、我が子が何年も逝くべきところに逝けずに一人でさまようことを望んでいるとは思えない。

(目の前で、成仏させるのか?)

この子を、この母親の目の前で。

それしかないのはわかっている。お互いにつらい思いをさせないなら、そうするべきだ。強制的ではない。サクラの未練は昇華できた。それでも、ここで彼女を成仏させたら、いつか自分の『友達』を送った父親と同じことをしているのではないか。そんな気持ちがぐるぐると胸の中に渦巻いている。

どうすれば、二人にとって一番優しい別れになるだろう。

『お兄ちゃん』

気がついたら、サクラが母親ではなく自分の方を見ていた。

「あの、これよければどうぞ」

サクラの母親が、ハンカチを差し出してくる。

「いえ、僕は大丈夫です」

「大丈夫には見えないわ。貴方、私よりずっと泣いているじゃない。びっくりして、涙がひいてしまったわ」

驚いて、顔に手を触れる。濡れている。泣いている。

自分では全く気がついてなかった。

『お兄ちゃんだいじょうぶ？』

サクラにまで心配された。慌《あわ》てて借りたハンカチを使って、涙を拭《ぬぐ》った。

そっと、サクラの頭を撫でる。ふわふわとした、綿菓子のように軽い感触がした。実体がないこの子を、地上に長く留まらせることはこの子にとって不幸だ。理屈ではわかっている。そのために、この子の心残りを解消した。

「僕、この子を……ちゃんと送らなければ、ならなくて。このままじゃ、ずっとこの場所から離れられなくなるから……でも、貴方の目の前で送るなんて……」

サクラを逝くべきところへ送るということは、すでに一度つらい別れをしたこの二人を再び引き離すことになる。

だけどサクラの母親は、微笑《ほほえ》んだ。

「まだそこにいるの、サクラは」

「はい、僕の隣に」

彼女はうなずいて、タカヤの右隣を見た。自分の娘がいるはずの場所を。

タカヤがサクラを撫でる素振《そぶ》りをしたから、彼女は自分の娘がまだこの場所にいることを理解した。

「……サクラ、少しの間、これから行くところでお留守番していてね。お母さん、時間がかかってもちゃんと迎えに行くからね」

『うん、わかった』

サクラは死んだこと、成仏するということがわかるような歳ではない。そこまでわかる歳ごろではない。だから、母親が信じさせなければならない。彼女が正しいところに行くために。

「いいんですか？」

母親はただ、黙ってうなずいた。

霊を成仏させることは、行き場のない魂をあるべき場所に返すことだ。

死んだ時点で、あらゆる生物の魂は黄泉《よみ》へと旅立っていく。未練によって本人の意思とは関係なく地に縛られることは、つらいことだ。

だから霊には少しでも気持ちを軽くして旅立ってほしいと、タカヤは思っている。父や兄は、そんなことよりも一刻も早く成仏することの方が霊のためになると言うのだろうけど。

この母親の笑顔が無意味だとは思いたくない。

「しろがね、頼む」

「ふむ……手を貸そう」

声をかけると、しろがねは思いの外すんなりと了承した。意外に思ったけれど、肉球でむにむにと爪先《つまさき》を踏まれて気を取り直す。

「御身送《おみおく》り申し上げます」

パン、と柏手を一回。

それが合図だ。トン、としろがねの前脚が地面を叩いた。

サクラの周りをトン、トン、トンと跳《は》ねて回ると、その周囲に光の輪がぼんやりと浮かび上がる。サクラは目を輝かせて「ワンちゃんすごい！」と歓声をあげた。

その姿もだんだん薄くなっていく。

「かけまくもかしこき地の神に申し上げます。御霊よ天にお還《かえ》りください。かしこみかしこみ申し上げます」

タカヤが唱えた祓詞の言葉ひとつひとつが、光の粒となってしろがねの作った輪の中に落ちていく。

サクラの姿は光の塊になっていて、タカヤの祓詞に導かれて空へと昇る。

『ねぇ、ママ！　見て！　サクラ、空をとんでるよ！』

まだ幼い彼女にとっては、自分がこれからどこに行くかよりも、空を飛んでいる今の状況の方が面白いらしい。はしゃぎながらふわふわと空を待っていたサクラの姿が、だんだん光に包まれて薄くなっていく。

「いってらっしゃい」

サクラの姿が、黄昏の金色をした空に溶けていく。

その残滓《ざんし》が全て消えた後も、タカヤはしばらくその空の向こうを見ていた。

「サクラ……、あの子、笑っていたでしょう」

母親がそう言った。

「どうしてわかったんですか？」

「貴方が、とても優しい目をしていたから。それに、この子のために泣いてくれる貴方が、サクラに悪いことをするわけないわ。そう信じてもいいでしょう？」

見えなくても、伝わるものがある。死んでも、消えても、この世のどこにもいなくなっても。

見えなくても、死んでしまっても、幽霊の存在は無ではない。そこには未練がある。感情がある、それを見ないフリはできない。

タカヤには見えているのだ。他の人間には見えないものが見える。除霊師の血筋である、高谷家の人間ですら見えないものまで見える。

そんなタカヤだからできること、伝えられることがある。

「とても楽しそうに逝きました。泣いてもいないし、思い残すこともないと思います」

サクラの母親は、微笑みながらうなずいた。その瞳にはまた、一筋の涙が滲《にじ》んでいた。

いってらっしゃい。逝ってらっしゃい。

どうか、あの空の向こう側が、優しく穏やかな場所でありますように。

――タカヤにできることは、自分だからやれることは、きっとこういうことなのだろう。

⛩

母親が何度かお辞儀をして帰っていくのを見送った後、タカヤはしろがねと公園に戻ることにした。公園の入り口のところで、春日が待っている。「よう」と片手を上げて挨拶をする。

「やればできるじゃん。見てたぜ」

口では軽く言いつつも兄がどことなくホッとしたような顔をしたのを見て、タカヤは改めて春日の立ち位置を考えた。

タカヤが継がないなら、家は春日が継ぐことになる。春日にとってみれば、タカヤが生まれたことで勝手に後継者候補から外されたということだ。そしてタカヤが除霊師になれなければ、勝手に後継者に戻される。春日が良いと受け入れていても、タカヤがそれに甘えていいはずがない。

だから、これからタカヤは父だけにではなく、春日にも証明していかなければならない。成り行きで選んだ道ではなく、自分が望んで選んだ道だと。

「祝詞、ちゃんと覚えてるじゃないか」

「覚えてはいるよ、そりゃ。単に今までは出てこなかっただけで」

どうしてもできなかった。魂を送ることが怖かった。

だけど光の中で笑いながら空に消えていったサクラの魂を見て、笑いながら旅立っていったことに安堵《あんど》した彼女の母親を見て、何となく心の中のひっかかりがとれた気がする。

自分にだけできることがある。他の誰でもなく、タカヤにだけできることが。

強制的に除霊をするやり方だったら、サクラと母親の後悔を昇華することなんてできなかった。

いつでもこのやり方が正しいわけではないだろう。だけど、できるだけ寄り添っていきたい。そういう除霊師に、タカヤはなりたいのだ。

「しろがね……、僕はせっかくならみんなに笑って旅立ってほしいんだ。優しい気持ちであの世にいってほしい。だから、僕に力を貸してくれ」

ここでしろがねに愛想を尽かされてしまえば、タカヤが除霊師になることは難しい。タカヤが望む形で霊を送るどころか、スタートラインすら遠ざかる。

「お願いします」

地面に膝をついて、頭を下げる。真摯《しんし》にお願いする以外に、方法がわからない。

ペチ、と肉球がつむじのあたりを叩いた。

「顔を上げんか。土下座なんてしてもお前のことを評価したりせんぞ」

「それじゃ……」

ダメなのか、とがっくりうなだれると、しろがねは今度はフスフスと鼻を鳴らしてタカヤを見上げた。

「そもそも、お前は見立てが甘い」

「…………はい」

「あれくらいの幼児の霊は、死んだ自覚のないことが多い。まだ遊びたいとか、母親に会いたいとか、直情的に行動するものじゃ。だから子供の方が、除霊は難しいのじゃ。サクラが聞き分けのいい子で助かったの」

「返す言葉もございません」

しろがねの指摘はもっともなことだ。きっと父が見ていても、同じことを言っただろう。春日だって、この後そういう趣旨で釘をさすくらいするつもりだったかもしれない。

タカヤが今回上手く霊を送れたのは、サクラの母親と直接会うことができたから。それもしろがねに誘導してもらった。

そして、たまたまサクラの未練が母親に関することで、母親も幽霊になってしまった娘の存在を信じてくれたから上手くいった。ひとつでも欠けていたら、上手くいかなかったかもしれない。

そもそも、しろがねが素直に力を貸してくれなければ、送ることはできなかった。仮契約なのだから、祝詞や祓詞に従わないことだってできたはずだった。

「しろがねの言うとおり、僕は甘かったと思う。もっとよく考えるべきだったよ」

「そのとおり。あの子はたまたま意思がはっきりしていた。死んでそんなに経っていなかったからじゃな。いつもそうとは限らない。むしろ、除霊師に回ってくるような幽霊が相手ならば、大体が怨霊になっているかなる寸前のやつじゃろう」

それでも説得して、納得させて、望み通りの逝き方をさせることができるのか。今回がたまたまできたからといって、次も同じようにできるとは限らない。しろがねが言いたいのは、そういうことだった。

だけど、今でもまだ考える。一度でも成功できたからこそ、なおさら可能性を信じたい気持ちは強くなる。

「それでも僕は諦めたくない。どんな幽霊も元はみんな人間なんだから、人間として見送ってあげたい」

タカヤが手を貸すことで救われる魂があるなら、できるだけ寄り添っていきたい。

それは他の誰でもなく、きっと幽霊が見えて、幽霊の声が聞けて、時には触れることができるタカヤだからこそできることだ。

「だから……あともう少しだけでもいいから、僕に付き合ってくれないか」

しろがねが、鼻を鳴らす。契約のために嘘をついても仕方がない。タカヤはタカヤのやり方を、理解してもらうしかない。信用してもらうために何だってしよう。

そう、思って。

「本契約じゃ」

「……えっ？」

思わず聞き返す。ぺちっと肉球パンチが一発。

「だから、本契約をしてやると言っておる。お前のような危なっかしいお人好《ひとよ》しについていける神使など、ワシの他にはおるまいよ。仕方がないやつじゃの」

「いいの？」

「嫌なら断ってくれて結構じゃが？」

「いやいやいや、契約！　契約します！」

しろがねの額に、手を当てる。ぼんやりと、またあの神様の印が一瞬光って手の甲に吸い込まれていった。契約の更新。仮ではなく本契約になったから、恐らく使える術式が増えている。後で確認しなければ。

「……しろがね。お前のつけたこの名を忘れるな。お前が祓い師である限り、この名のともにワシはお前の輩《ともがら》となる」

「ありがとう、ありがとう、しろがね！」

「こら、抱きつくな！　モフるな！」

思わず抱きしめてもみくちゃにしてしまい、腕の中からしろがねの悲鳴が漏れた。それでも嬉しくて頬擦《ほおず》りまでして、ポメラニアンの本気でうんざりする表情がどんなものかをはからずとも知ることになった。

そんなタカヤの様子を、春日はくつくつと笑いながら見ている。まるで小さな子供を見守っているみたいだな、と何とも複雑な気持ちになる。こちらは大学生なのだが。確かに見た目だけなら小犬と戯《たわむ》れている図だけれども。

「兄さんから見て、僕のやり方はどうだった？　生まれる前から昇格した？」

「ああ、赤ちゃんだな」

「そっか、赤ちゃんか……」

せめて幼児くらいにはなりたかった。一人前までの道はまだまだ遠い。

「ま、元気出せよ。俺や親父にはあのやり方はできない。お前だからあれができる。それはちゃんと覚えておけ」

春日にそっと背中を押されて、タカヤは笑った。

「兄さん、僕に甘くない？」

「そりゃ、かわいい弟の独り立ち……には程遠いが、記念すべき第一歩を祝福するのも、兄の役割なんでね」

「除霊師、とはまだいえないかもだけど」

「お前の場合、除霊師っていうか『助霊師』だな。ジョの字が助けるの方だ」

なるほど、『助霊師』か。その方が自分らしい。胸を張ってそう名乗れるようになりたい。

何となく、春日が何かを言おうとして、だけど何も言わなかったことには気づいていた。それを聞き出そうと思うほど、無粋《ぶすい》でもない。

タカヤが幽霊を送ることに慣れたころに、そっと教えてくれるかもしれない。タカヤにだからできるというなら、期待に応える努力をする。

サクラの魂が放った光は、空に昇っていった。

天国、極楽浄土《ごくらくじょうど》、地獄、煉獄《れんごく》、冥府、死者の行くべき世界の呼び名は数々あるけれど、少なくとも逝く魂の行先は空の向こうにあるのかもしれない。だから昔の人は、魂の行き先を「天に召される」とか「星になる」などと表現したのだろう。

この世界に留まり続けることは、幽霊にとって孤独で寂しくて悲しいこと。

だけど、できれば未練や悔恨を残したまま逝ってほしくない。

光の行く先、空の向こう側にあるその世界に、優しく迎えられてほしいのだ。

ゆうやけ公園、いずれ『黄昏公園』と呼ばれる場所。

タカヤがこの公園を、幽霊たちに「おかえりなさい」を言うための場所に変えていくのは、まだ少しだけ、先の話だ。

第二話

怨霊の婚活、始めました

ゆうやけ公園の周辺は住宅街で、マンションがいくつも立ち並んでいる。最近ではもう少し駅に近い地区にいくつも分譲マンションやファミリータイプマンションができて、その近くに公演も整備されたため、この公園を訪れる人は減った。それでも単身向け物件も多いこと、オフィス街や学生街へのアクセスが良いのでそこそこ人が多い地域だ。

「それが家賃三万円って、すごくない？」

「すごいだろ。ベランダつき、エアコン、洗濯機置き場、ロフト完備で１Ｋ。しかもオートロックでこれは超有料物件だぞ」

兄の春日がタカヤのために用意してくれたマンションは、綺麗にリノベーションされた広々とした部屋。しかも鉄筋コンクリート造で、四階の角部屋だ。駅まで徒歩十分、近くにはコンビニやスーパーもある。一人暮らしをしたことがないタカヤでも、この家賃が破格すぎることはよくわかる。

「兄さん、どうやってこんないい条件の家見つけたの？」

「えっ？　ああ、そりゃ色々あるんだよ。コネってヤツが」

社会人になると、よい条件の賃貸物件情報も手に入るのか。

アルバイトすらろくにできないタカヤはひたすら感心していて、春日が一瞬気まずそうに目をそらしたことに気がつかなかった。

「ま、即日入居ＯＫでよかったよな」

「ホントに……意外と大変だった、ネカフェ暮らし」

「だろ？　無茶すんなって」

住む場所が決まるまでの三日間、タカヤは駅前のネットカフェに泊まっていた。漫画読み放題の環境を楽しめたのは最初の晩だけで、翌日からはひたすら苦行だった。意外とうるさいし、寝心地も良くない。アルバイトをしていて収入のあてがあったなら、迷わず即ビジネスホテルに移動していただろう。

「俺が使っていた家具は後で送ってやる。とりあえず数日は最低限セットでしのいでくれ」

春日が言うところの「最低限セット」とは、布団一組と枕、そしてカーテンである。近くの家具量販店で買ってくれた。他には何もない。本当に何もない。タカヤ自身、ボストンバックひとつしか荷物を持ってこなかったので、当然である。

「こんな時期外れに引っ越してきて、変に思われないかな」

「心配するな。生きていれば色々ある。誰もいちいち引越理由をツッコんだりとかしないから。ちゃんとお隣に挨拶するんだぞ！　ほら、これ引っ越しそばセット。んじゃ、俺はそろそろ帰るな！」

春日は高級そばの入った紙袋をタカヤに握らせると、どこか慌ただしい様子で帰っていった。仕事が残っていたのだろうか。だとしたら付き合わせて悪かったな、と思ったところで部屋を改めて見回した。

リビング兼寝室に残されたのは、布団とカーテンとそばとポメラニアン。

「ここ、ペットOKなのかな」

「ペットではないのでOKじゃな」

フンと鼻を鳴らしてポメラニアンこと狛犬らしい土地神、しろがねは心なしか尻尾をピンと伸ばした。

絶対にそういう問題ではないと思うけれど、しろがねを外で飼うわけにはいかない。大事な使い魔だ。しろがねに見放されてしまったら、恐らく次がない。

「ひとまず、挨拶にいってくることじゃ。挨拶は早めが大事じゃ」

足元をポメラニアンヘッドでぐりぐりと押されて、タカヤは渋々引越しそばをもって部屋を出た。大切な使い魔様の助言には、大人しく従うべし。

とはいえ、漫画やドラマ程度の社会知識しかないタカヤも、引越しそばなるものがだいぶ周回遅れの存在であることにはそこはかとなく気がついていた。

今時、しかも大学生が引越しそばを持っていくというのはどうなのだろうか。隣が女子だったら、見知らぬ男が訪ねてきた上にそばを押しつけてきたらドン引きではなかろうか。でも、たった四歳しか違わない春日が持っていけと渡してくれたのだから、案外まだこの風習は生きているのかもしれない。

悶々と考えこみながら、インターホンを押す。「はーい」と声が聞こえてきた。男の声だ。

ひとまず女性宅を突然訪ねる不審者扱いは回避。

「あの、隣に引っ越してきた高谷と申します。ご挨拶を……」

してもいいのだろうか。

ヒヤヒヤしながら待っていると「はーい」ともう一回返事が聞こえて、しばらくしてドアの鍵を開ける音が聞こえた。いいのか。

「あの、こんにちは」

「寺生まれのT君じゃん！」

彼は開口一番そう言って、一瞬遅れて「あっ」と肩をすくめた。

しかし寺生まれのT君、とは？

「あー、すみません、いきなり」

分厚いメガネをかけた、金髪の青年だった。ひとまず、タカヤが知っている人間ではない。多分。恐らく。

「……確かに僕は寺生まれですけど、どこかで会いましたっけ」

「あっ、いや、ホントすみません、こっちの話です。K大文学部一年のタカヤ君、だよな？」

「はい、そうですけど」

まさかの相手が自分を知っている事態。もしかして、春日は隣人が同じ大学の学生だと知っていて、わざわざこれを持たせたのだろうか。確かに同じ大学に行くのなら、鉢合《はちあ》わせする可能性は高い。挨拶をしていなかったら気まずくなっただろう。

自分がよくも悪くも浮いていることはわかっている。学内で知られていてもおかしくはない、のかもしれない。

「ええと、そんなに僕、顔知られているのかな?」

「あー、その、一部に有名だから一方的に知っていただけというか!」

「ゆ、有名なの?」

「いやぁ、何か時々虚空に向かって話しているから、幽霊とチャネリングしているってオカルト仲間の中で話題なんだよ。寺生まれだし!」

「え? ええ?」

一般人からすれば奇行と呼ばれる類の行動を見られていたことに驚けばいいのか、それを好意的に受け止められていたことに戸惑えばいいのか。寺生まれと何が関係あるのかも疑問だ。

ひとまず、ドン引きされずにフレンドリーな対応をしてもらったことは、素直に喜んでいいのかもしれない。隣人に嫌われている状況が平気なほど、タカヤのメンタルは鋼《はがね》ではないのだ。

「あ、オレは日比野太陽《ひびのたいよう》。よろしく。同じ文学部の一年!」

同じ大学の同じ学部なら、覚えられていてもおかしくはない。深く考えない方がいいような気がしたので、それ以上はツッコまないでおいた。

気を取り直して、そばが入った袋を差し出す。

「どうも、高谷隆哉です。僕も一年です。あ、これ、引越しのご挨拶に」

そばの袋を流れで受け取りながら、太陽はきょとんとした顔になった。

「は？　今、どうしてタカヤって二回言った？」

この反応は、想定の範囲内である。というか、自己紹介をしてこうならなかったためしがない。子供のころから幾度となく繰り返されてきた。だから名前を説明する時は、あらかじめスマホに入力しておいたメモで漢字のフルネームを見せることにしている。

「高谷が苗字で隆哉が名前です」

「あ、ほんとだ。どっちの読みもタカヤだ」

「ちょっと両親が変わった人で」

名前の解説をし出すと、家業の除霊師についても語らなくてはならない。ので、割愛。

「あ、同じ歳だし敬語とかはいらないぜ。隣だし、学部も学年も同じなら、顔合わせる機会も多いだろ？　俺もタカヤって呼ぶから」

これは苗字の方だろうか、名前の方だろうか。

一瞬悩んだ後、タカヤは無難に苗字で呼ぶことにした。

「うん、これからよろしく、日比野君」

「太陽でいいって。こっちは苗字で呼んでんのか名前で呼んでるのかわかんないし」

それもそうか。

「た、太陽、くん」

「タメなのにくんとかいらなくない？」

いいのか。何せ、今まで幽霊しか友達がいなかった（それも数分だけ）のがタカヤだ。同級生と気軽に名前を呼び合ったことなど、当然のようになかった。いつもくんづけで遠巻きにされてきた十数年の思い出。

心なしか動揺しつつ、タカヤは太陽を見た。

「ごめん、なんかこういうのあんまり慣れなくて」

「いや、謝らなくてもいいよ。普通に呼んでってだけだしさ」

「太陽く……太陽」

「おー。大学で見かけたら、気軽に声をかけてくれよな。友達だろ」

太陽はにこやかに笑って、部屋に戻っていった。

その後、タカヤは部屋に戻らずにしばらく呆然《ぼうぜん》と廊下に立ち尽くしていた。

「とも…だち？」

今、太陽は友達と言わなかったか。友達。今まで一人もできなかった友達。人間の友達。タカヤにとっては都市伝説的な何か。

「友達……とは」

会った数分後になれるものなのか。

「友達……」

やり場のない手を宙でわさわさと動かしていると、後ろから声が聞こえた。

「扉の前でパントマイムするのはやめんかの」

「うわっ？　しろがね、いつからそこに！」

「あのキンキラ頭と話してた時からずっとおるぞ？　なかなか帰ってこんから心配してやったのじゃが」

つまり友達というワードに動揺して、静かに右往左往していた経過を全て見られていたと。

「しろがね、今のは忘れて」

「そんなこと言われてもの」

「仕方がないだろ！　本当に友達がいなかったんだよ僕は！」

「お、おう」

反射的に力強く宣言すると、しろがねがやや怯んだ。

仕方がないと思う。本当に今まで、人間の友達が一人もいなかった。

幽霊とうっかり話してしまうクセが抜けず、一緒にいると霊障を起こすことも多々あり。幼稚園から小中高、大学に至る今まで、学校でただの一人も友達ができていなかったのに。

もしかしなくても、自分に初めて人間の友達ができてしまったのでは？　だって本人も友達だって言っていたし。呼び捨てで名前を呼び合ったし。もう友達でいいのでは。

「……とりあえず、部屋に戻ったらどうかの」

「あ、うん」

しろがねの白けた声に、若干冷静になった。真顔で自分の部屋に戻った。とてとてと歩くしろがねに後ろからついていく。こうやって見ると、やはりポメラニアンにしか見えない。頭から混乱が抜けていく。アニマルセラピーだ。

確かに狛「犬」ではあるのだが、狛犬の原型は獅子《しし》が多い。そうなると犬ではなくネコ科の方が近いのではないだろうか。狛犬には多彩な種類があるのだし、たまたまイヌ科の狛犬だったのかもしれないけれども。

謎。

「しろがね。使い魔に聞くことじゃないかもしれないけど……」

「なんじゃ」

「同じ学校の同じ学部で、隣に住んでいるタメ口で下の名前を呼び捨てでOKな同級生って友達ってことでいいと思う？」

「……お前がそう思うならそうなんじゃろ」

「本当に？　本当にそう思ってる？」

「ワシに聞いてどうする。そもそもお前、苗字も名前も一緒だろうに、タカヤと呼ばれることがそんなに動揺することか」

「そうだけど、気持ちの問題！」

何せ友達がいたことすらないのだ。この期待と不安が入り混じった気持ちを察してほしい。思わずしろがねの毛皮をモフモフしてしまう。嫌がられたけれど、こちらもアニマルセラピーが必要な状況なので許してほしい。

しばらくスマホをぼんやりと眺めた後、シャワーを浴びた。夜になって、することもないので、早めに布団にもぐりこむ。

初めての一人暮らし。そして初めての友達。今日一日の出来事が、頭の中を駆け巡っていく。落ち着かなくて、なかなか眠気は降りてこない。

何度も無意味に寝返りをうったり、枕元でしろがねが丸い毛玉になっているのをじっと観察していたりもしたが、ついに耐えられなくなって起き上がった。

「全然寝られない」

「遠足前の子供か」

「しろがね、土地神なのに遠足とか知ってるの？」

「昔は、近くにあった幼稚園の年少の子らがよく公園まで来たぞ」

「なるほど」

確かに、タカヤも遅れて入った幼稚園であの公園まで歩いていったような記憶がある。

「たかが、友達ができたくらいで大《おお》げさな」

「大げさじゃないよ。本当に友達いなかったんだよ！　……人間のは」

「幽霊の友達はいたのか？」

「いた……って、いうか……」

少し言い澱《よど》んだ後、この先一緒に除霊師をやっていくならしろがねにも知ってもらった方がいいと思い直した。そもそも、今までずっと除霊ができなかったのも、幽霊の友達の件があったからだ。

「なんじゃ、はっきりしないやつだのう」

「その、ちょっと色々あったというか……」

ごにょごにょと口ごもってから、少しだけ深呼吸をした。使い魔相手に、隠し事をするみたいな態度はよくない。信頼しているなら、自分の弱い部分も正直に話さなければ。

「小さいころさ……、しろがねがいた公園で、同じ歳くらいの子供の幽霊と友達になったことがあるんだ」

「ほう。あの公園も、十年ほど前までは、それなりに賑わっておったな」

新しくて大きな公園ができるまで、「ゆうやけ公園」は当たり前のように小さな子供とその親が足を運んでいた。しろがねの神社だって、今よりももう少しお参りする人が多かったのだろう。

「僕はあまり他の子と上手く遊べなくて、その子もひとりぼっちだったから、多分……仲間だって思って声をかけちゃったんだな」

周りに同じくらいの歳の子がたくさんいるのに、どうしてか上手く馴染《なじ》めなかった。多分、見えているものが少し違ったせいだ。

たとえぱ「あそこに何かいるよ」と言っても、他の子には何も見えない。

幼児にはそれが嘘か本当か、幽霊かそうじゃないかなんてわからないだろう。それでも「変なことを言う子」にはなるわけで、一緒に遊んでくれなかった理由が今ならわかる。

「名前を聞いたんだ。そしたらその子、すごい嬉しそうで……だから僕も嬉しくなって」

「それが、幽霊じゃったと」

「そう。っていっても、すぐに父さんが除霊しちゃったんだけど」

理屈がわかったのは、タカヤにも家の仕事内容が理解できるようになってからだった。理屈がわかった後になっても、タカヤの中ではいまだにしこりとなっている。

「目の前で強制的に成仏させられたから、なんか子供心にものすごいショックでさ」

「だから、わざわざ幽霊の未練を断ってから送るなどという、まどろっこしいことをしておるのか」

「まどろっこしいって……。そうか、しろがねから見たらそういう風に見えるのか」

サクラを送ったことで踏ん切りがついたかといえばそんなことはなく、今もまだ除霊に対する抵抗感は強い。

使い魔にしてみれば、霊を浄化して成仏に導くために呼ばれているわけだ。幽霊を説得するなんて、回り道もいいところだろう。高谷家の使い魔たちにそっぽを向かれるわけだ。

「しろがねが契約してくれてよかったな」

「そうじゃな、ワシくらい大らかな心を持った神使でなければ付き合っておれんだろうな」

「自分で言う?」

しろがねの軽口に、タカヤは苦笑いをした。

そのまま、しばらくしろがねと話していた。しろがねの好きなお供物がおまんじゅうだとか、タカヤの好物はハンバーグだとか、そんなくだらない話を。

ずいぶん話しこんだのに、いまだ眠気はやってこない。いつの間にか深夜0時に近づいていた。

タカヤは基本的に早寝早起きだ。今日はずいぶんと夜更かしをしてしまっている。

気分転換をしようと、カーテンを開けてベランダに出る。夏の終わりの夜風が、涼しくて気持ちいい。

一息ついて、外灯に照らされたゆうやけ公園に目をやった。

さすがにこの時間だと、誰もいない。

だけど、その時。

真っ赤な血を頭から滴らせた髪の長い女が、邪悪な笑みを浮かべながら目の前を落ちていった。

「へっ？」

反射的にベランダ下を覗きこんだが、女の姿はない。

ただ、どこからともなくすすり泣きのような声が聞こえてくる。風もないのにカーテンが大きく舞い上がって、キィキィと不自然な家鳴りが始まった。

もしかしなくても心霊現象。あからさまな心霊現象。

「なるほど……な？」

やたらと条件のいい家賃三万円。

どうして春日がこの物件を知っていたのかも、こんな好条件すぎる物件が即日入居できるほどに借り手がつかなかったのも――全て納得がいった。そして、微妙に気まずそうな顔をされた理由も。

事故物件なら、除霊師のツテで即日入居ができても全くおかしくない。むしろそれが仕事だ。

「つまり、自力で何とかしろってことかぁ……」

確かに、ここ以上にタカヤ向けの物件はないだろう。

心霊現象を起こす幽霊の無念をどうにかできれば、この好条件の部屋に格安で快適に住める。

春日が紹介してくれたということは、まだ、このマンションは除霊師への依頼が来ていない。来ていたとしても、相談段階だろう。

このマンションの霊が除霊対象になる前に、タカヤが解決すれば何も問題がなくなる。

「それにしたって兄さん、一言くらい言っておいてよ」

「タカヤ、怒るポイントはそこでいいのか？」

ため息をつくタカヤに、呆れ半分のしろがねのツッコミが入った。

⛩

一人暮らしをはじめてから一週間。

幽霊と一緒の生活はどうなるものかと思ったが、人間は意外とすんなりと順応するものだ。

朝、目を覚ましたら血濡れの顔が覗きこんでいても、タカヤにとっては日常の範囲である。

「おはようございます」

名も知らぬ女性の霊に挨拶をすると、朝ごはんのコンビニパンをかじる。

春日がすぐに家具を送ってくれたので、洗濯機、テーブル、冷蔵庫、掃除機、電子レンジとポットがタカヤの家に配備された。だからといって、いきなり自炊スキルがカンストするわけではなかった。それにフライパンやコンロがないから、チャーハンすら作れない。

窓を開けていないのにカーテンが動く。おかげで何もしなくてもカーテンが開く。朝陽《あさひ》が眩《まぶ》しい。食器がカタカタと鳴り続けている。

「ええと、ご飯いりますか？　パンしかないですけども」

幽霊に話しかけるも、返事はない。ラップ音が三回鳴った。

「お前、意外と図太いのう？」

しろがねが呆れを通り越して半ば尊敬するような眼差《まなざ》しを向けてくる。

「見慣れてるから」

「そういう問題か？」

「うん」

ちょっとエキセントリックに血まみれになっている幽霊くらいなら、タカヤは子供のころから散々見てきているのだ。今更家の中で見たくらいでどうということはない。事故物件だということは初日にわかったので、驚きもなかった。

「念のため兄さんに確認したけど、人間に怪我《けが》をさせたりするような霊ではないみたいだから、大丈夫だよ。多分、話せばわかるんじゃないかな」

「いや、話してもわかっておらんじゃろ。めちゃくちゃキレとるぞ、この女」

「そうみたいだね。根気が必要かな」

「根気の問題とも思えんが」

しろがねが言いたいことも、わからないではない。説得しようにも、このマンションの霊は恨みが強すぎて怨霊と化している。タカヤという新しい住人がやってきたばかりだから、なおさら気が立っているのだろう。

落ち着くまで待っていたら、数年がかりになってしまうかもしれない。話を聞いてもらうよりも先に恨みの原因を探して、彼女の心を落ち着かせる必要がありそうだ。

「今日、大学の図書室に寄ってこのマンションの事件を調べてみる」

「おう……」

しろがねはすっかり呆れているようだ。舌を出しているポメラニアン顔の表情は幽霊よりも読み取りづらいけれど、声のトーンで感情は理解できる。

「しろがね、毛玉モードになってくれる?」

「その呼び名、どうかと思うぞ」

大学にポメラニアンを連れていくわけにはいかない。そして常に一緒にいなければ使い魔の意味はない。だから、大学に行く間は毛玉のキーホルダーとして鞄にくっついてもらっている。男子学生が鞄につけるにはファンシーすぎるが、あまり本体とかけ離れた姿にもなれないらしいので、仕方がない。

「あ、太陽に会ったら、うっかりしろがねと話しているところ見られないように気をつけないと……」

「お前、さては幽霊よりも、オトモダチの方に困っておるな?」

「現状、幽霊さんは恨みの原因を突き止める方が先だからね。でも、太陽は下手すると玄関開けたら会うかもしれないんだよ？　せっかくできた人間の友達なのに、キーホルダーに話しかける不審者になるのは……」

「ううむ、それもそうじゃな」

太陽はあれから、大学で会うたびに声をかけてくれるようになった。幸い、幽霊やしろがねと話す場面を見られることはなかったが、いつ悪い癖が露呈《ろてい》するかわからない。

コミュ力の高い兄の春日なら、あるいは実家の家業も話のネタにできたのかもしれない。だが、タカヤにそこまでの能力はない。今までの友達ができなかった経緯を考えれば、除霊師の卵であることは隠した方がよさそうだ。

「隣に住んでいるのじゃから、何らかの影響を受ける可能性はある。さりげなく何か異変がなかったか聞いておくがよかろう」

毛玉のキーホルダーから、しろがねの声が聞こえる。少しシュールだな、と思いつつタカヤは首をかしげた。

「太陽、霊感があるようには見えなかったけど。霊感がない人には幽霊ってほぼ無害なんじゃないか？」

「無害じゃったら、事故物件にならんのじゃが？　お前は希望的観測が過ぎるのう」

「あっ、そっか」

霊感がそれほどなくても見えるほどに霊現象が多発しているからこそ、この家賃。

「幽霊が日常すぎて、そういう感覚なかった」

「お前、その調子で暮らしていたら、絶対にやらかすぞ」

そうかもしれない。サクラを成仏させる時だって、一方的に幽霊の話を口走って宗教と勘違いされているのだ。タカヤはしろがねの忠告をしっかりと胸に刻んだ。

後ろで女の怨霊が呪詛《じゅそ》の声をあげている。早く彼女を怨念を晴らして説得しないと、生きている人間に影響を与えてしまうかもしれない。そうすれば、強制除霊が妥当という判断を下される可能性だってある。

タカヤが成仏させる前に、一族や同業に目をつけられる。それは避けたい事態だ。

「誰かを恨んだまま、消えたくなんかないよな」

そんな悲しい終わりにならないように、自分がここにいるのだ。

タカヤの独《ひと》り言《ごと》をどう思ったのか、その時はしろがねも何も言ってこなかった。

⛩

大学の講義を受けながら、タカヤはぼんやりと今後の計画を考えていた。まずは、女性の身元を明かさなければならない。身元がわかれば、自殺の原因もわかるだろう。

怨霊のほとんどは、地縛霊だ。自分が死んだ場所、もしくは強い恨みの原因となった場所から動かない。あの女性は上から落ちてきたから、恐らく死んだのもあのマンションで、飛び降り自殺だったはずだ。

あの女性の服装は、ノースリーブのワンピースだった。服装が死んだ時のものだと仮定すると、亡くなったのは恐らく真夏のこと。

「高谷君」

（新聞を調べてみるかな。でも夏に市内で起こった自殺ってだけだと、範囲が広すぎて……）

「高谷君？」

「あっ、はい!?」

呼ばれていることに気がついて顔をあげると、教室にはタカヤ以外ほとんど残っていなかった。

「もう講義終わってるよ」

「あ、ごめん。ありがとう、ちょっと考え事してて！」

慌ててノートとテキストを鞄に突っこんで、席を立った。

そそくさと出ていくタカヤの後ろ姿を見て、声をかけた女子はけげんな顔で隣にいる友人と顔を見合わせた。

「やっぱ高谷君ってなんか不思議クンだよね」

「わかるー、妙に独り言多いし。私この前、小犬にガチめで話しかけてるところ見たよ」

タカヤを知っているのは、オカルトマニアの太陽だけではない。実は本人のあずかり知らぬところで予想外に有名になってしまっていることに、タカヤはまだ気がついていなかった。

事故物件サイトで検索したところ、タカヤが住んでいるマンションが心理的瑕疵《かし》物件となったのは、およそ十年前らしい。賽河市はそれなりに大きい街だから、マンションで自殺があった程度ではネットニュースを検索しても詳細なんて出てこない。

十年前の、七月、八月、九月あたりの新聞で、地域ニュース欄を見れば何かしらの手がかりはつかめるかもしれない。

タカヤの『助霊』スタイルは、霊との対話による説得。ならば、幽霊が死んだ経緯を知る必要がある。サクラのように自己紹介できるほどの自我があるならいいが、完全に怨霊化している霊にそれは通じない。十年も経っているから、簡単には浄化されてくれないだろう。

「はー、地道な作業だな」

『なら、すぐにでも強制除霊をすればよかろう』

カバンにつけた毛玉キーホルダーから、しろがねの声が聞こえてくる。もちろん、これはタカヤにしか聞こえない声だ。タカヤも声をひそめて答える。

「ダメだよ。かわいそうじゃないか。自殺をしたってことは、そうなるくらいの事情があったはずなんだ」

『怨霊を正気に戻すのは難しいぞ。サクラの時ほど上手くいく期待はするな』

「だから、やり方を考えているんだよ」

霊障を抑えるだけなら、除霊しなくてもいい。護符でもあれば防御できる。除霊以外のことなら、タカヤにもできるのだ。悪霊除《よ》けの護符くらい、いくらでも作れる。タカヤにとってはさほど意味のないものだから、普段は使わないだけだ。

だけど成仏させるとなると話は別である。放っておいたら成仏できないから、あのマンションは十年経った今でも事故物件のままなのだ。

多くの霊は、死因と未練が地続きになっている。自殺霊ならば、絶望するだけの理由があるから未練は当然残りやすい。

新聞でわからなければ、最悪、マンションの大家に直接当時の事情を聞きに行くことになる。できれば住人には隠しておきたいことだろうから、素直に教えてもらえるかどうかは疑問だけれども。

「おーい、タカヤ!」

立ち止まって考えこんでいると、知った声が聞こえてきた。

太陽だ。他に大学内でタカヤに声をかけてくる人間などいない。

振り返ると、デニムにオレンジ色のTシャツ、リュックといったラフな格好をした太陽が、大きく手を振りながら駆けてくるところだった。

分厚いメガネは家の中だけらしく、コンタクトをつけている。外で会う彼は、見るからに陽キャ属性だった。春日とはジャンルの違う陽キャだ。春日が美容師系だとするなら、太陽はJ－POP系。

「あー、よかった、家に帰る前に会えて」

それは、つまり一緒に家に帰るつもりだったということだろうか。それとも、何か急ぎの伝言でもあるのか。こういう時、友達とはどういう会話をするべきか。

学校帰りに友達と一緒になる、というごく普通のシチュエーションが、タカヤには恐ろしくハードルが高い。

「た、太陽？　どうしたの？」

悩んだ末に、卒直に用件を聞くことにした。若干声がひっくり返ったのは、許してほしい。

太陽は気にした様子もなく「聞いてくれよー」と会話を続行。どうやら普通の友達コミュニケーションに成功したようだ。

「あのさ、ここ数日ずっと気になっていたんだけどさー。あのマンション、ヤバくないか？」

さっきよりもどう答えるべきかわからない難題が戻ってきた。

あのマンション、というと当然ながらタカヤと太陽が住んでいる事故物件マンションに他ならない。心当たりなどひとつしかない。

彼とはできるだけ幽霊の話をせずに、一般的な友情をはぐくむことを目指していたのに。

しかし、避けて通りようがない。下手にごまかせば絶対に首を締める。

「も、もしかして、何か心霊現象でも起こった？」

「やっぱり？　タカヤの家でもそうなんだな？」

あのマンションは、学生の一人暮らしには贅沢《ぜいたく》すぎるくらいの部屋だ。それなのに太陽も一人暮らしをしている。ということは、太陽の部屋もタカヤの部屋と同じくらいに家賃を下げているということだろう。

要するに、霊障が起こるのはタカヤの部屋だけではなかったということだ。

「あのマンション、事故物件みたいだけど入居する前に調べなかった？　僕は、家賃が安いからまぁいいかって契約したんだけど」

「えっ、そうなのか？　オレ、進学で田舎から出てきたからさ、相場知らないんだよな。ラッキー！　って思ってた」

「変に家賃が安いと思ったら、契約する前に調べておいた方がいいよ。今は事故物件検索サイトとかあるから」

『調べたりなんかせずに、春日に全部用意してもらったじゃないか。全く疑いもせずにありがとうとか言っていたじゃないか、お前』

しろがねのツッコミは無視する。友達の前で、虚空に向かって話すわけにもいかないからだ。

「つい最近までは何もなかったから、単純にたまたま安かったのかなーって」

「あ……そ、そう？」

それはほぼ間違いなく、隣にタカヤが引っ越してきたせいではないか。太陽にはさほど霊感はないだろう。しかし、隣室のタカヤが怨霊による霊障をスルーしまくった結果、彼の部屋にまで強めの霊障が飛び火してしまったのだ。

これはまずい。タカヤだけが霊障を感じているなら、じっくり説得して怨霊の浄化を試みることもできた。しかし、そうはいかなくなってしまった。

「今日なんて朝も酷かったんだぜ！　タカヤさ、実家がお寺なんだろ？　こう、悪霊除けのコツとかわからないか？」

「う、うーん……」

悪霊除けのコツも何も、それが家業である。太陽に言うべきかどうか迷っていると、毛玉のキーホルダーがポンと弾けた。気がつくと、ポメラニアン姿になったしろがねが足元に顕現している。

「あっ、しろがね」

「お？　このワンコ、どこから出てきた？」

太陽が目を丸くして屈《かが》みこむ。しろがねの毛並みをモフモフし始めた。いきなり出てきた犬に動じないとは。順応性が高い。

気分がよいのか、しろがねも尻尾を振りながらプスプスと鼻をならす。こちらも別の意味で順応性が高い。お前はそういうキャラじゃないだろう。

「タカヤよ。もう、ここまできたらこやつに話した方が早いじゃろ。どうせお前のガバガバな一般人ヅラは長続きせんぞ?」

「し、しろがね」

普通にしゃべるな。しかし、太陽がモフモフしているので口を塞ぐわけにもいかず。

「ん? タカヤ、今なんか言ったか?」

「……いや」

初の友達を前にして、タカヤなりに努力して霊感人間であることを隠してきた。それなのに、しろがねが背中から矢を射るとは。

「ワシじゃ。ワシが話しておる」

「タカヤ、腹話術が特技だったりするか?」

「…………いや」

「ワシじゃと言っておろうが、日比野太陽」

ポフポフと肉球で太陽の足元を叩く。太陽が壮絶な表情でタカヤを見上げる。

「なぁ、犬って人間語話せるように調教できるのか?」

「む、無理じゃないかな?」

「マジ? じゃあ、こいつ妖怪かなんか?」

「それ……その、僕の、使い魔、です?」

「おいタカヤ、なぜ疑問形にした?」

しろがねがプスッと怒《いか》りの鼻息を漏らした。そうは言われても、見た目があまりにもただの小犬なので、使い魔という言葉が全然しっくりこない。

「ポメラニアンだけど、使い魔だから」

「狛犬じゃって言っておろうが!」

しろがねは毛を逆立てて怒りを表明している。が、残念ながらポメラニアンにしか見えないことには変わりない。

「え? え? 使い魔って何? タカヤのうちって、ガチでそういう……かなりファンタジーなお寺なのか?」

タカヤにとっては日常だけれど、確かに他人から見ればファンタジーだろう。犬がしゃべっているのを見てこの程度の驚きで済む太陽も、なかなかのファンタジー精神の持ち主だ。むしろ、目が輝いている。

しゃべる犬を前にしては、信じるしかないのかもしれないが。

「僕の家、代々除霊をやっている家なんだ」

「え? じゃあアレ、お札を出してキュウキュウナントカって呪文唱えるヤツやるのか!」

太陽の顔が、パッと明るくなる。明らかすぎる好奇心。

ところで、キュウキュウナントカとは。

「……？　あ、急急如律令《きゅうきゅうにょりつりょう》のこと？　それは陰陽師《おんみょうじ》だよ？　僕の家の系統とはちょっと違うかな」

「え？　じゃあ数珠《じゅず》を振り回して、『破《は》ぁっ！』とかやったりするの？」

「やらないよ。うちは仏教よりは神道寄りなんだ。神仏習合の名残で、家は寺だけど。だから祝詞で神の使いを呼んで、祓詞で霊を鎮《しず》めて浄化する感じ。で、この犬がその神の使い……一応」

「ええっ、すごくね？」

目の輝きが強くなった。好奇心、さらに高まる。

今までは幽霊に話しかけてしまったり霊障を起こしてしまったりで、気がつけば遠巻きにされていた。幼少期から何も変わらず、コミュニケーション以前のところで人間関係が止まっていたのがタカヤである。

初めてだ。こんな風に家のことに踏みこんで聞いてくれただけではなく、理解まで示してくれたのは。

太陽は友達だ。

幼いころ、目の前で消えてしまった幽霊の友達ではない。

生きてすぐそこにいる、人間の友達。

あのマンションの幽霊を救えば、彼は安心してあの部屋で暮らせる。除霊は幽霊のためだけではなく、生きている人間のためにもなる。

それが、タカヤのなかで急に現実感を持った。

今まで家族としかつながりがなかったから、こんな当たり前のことに気がつかないでいた。

「あのマンションの霊障は、僕がなんとかする」

「できるのか？」

太陽が目を丸くしている。

霊障さえなければ、あのマンションは破格の家賃だ。実家の仕送りやバイト代で暮らせる、条件のいい家は貴重だ。それくらいはタカヤでもわかる。

ましてや彼は田舎から出てきたというから、一度実家に戻って実家から通学するのは難しいだろう。引っ越すのもお金がかかるし、同じ家賃なら劣悪な家になってしまう。

「原因さえわかれば対処できると思う。だからもう何日か、我慢してくれる？」

「え？　え？　いや、そこまでしてもらうのは悪いって。だって俺、お金もないし」

「いいよ。友達だから」

幽霊のためだけじゃなく、生きている人間のために——友達のために、霊障を浄化する。

「それじゃ、俺も手伝う！」

おもむろに太陽が立ち上がる。

「いやいや、でも、危ないよ?」

怨霊の影響が太陽にも及んでいるなら、どうにかできるまではタカヤに近づかない方がいいだろう。

しかし、しろがねはポスっと太陽の膝に前脚を置いた。

「よし、お前を今回の助手に任命しよう」

「勝手に決めるなよ、しろがね!」

「一人で無闇に調べてもらちがあかんじゃろ。素直に手伝ってもらえ。数ヶ月分の新聞を調べるなんて、手分けした方がよいに決まっておる」

「え、新聞を調べるのでいいのか? 全然危なくないじゃん。な、しゃべるポメラニアン!」

「狛犬じゃ。あと、名前はしろがねじゃ」

「ポメラニアンでも狛犬になれるんだ、新発見だなー!」

「違う、そうじゃない」

太陽相手にフスッと鼻息を荒くするしろがねを見ながら、タカヤはやっぱりポメラニアンに見えるのだなと密かに納得をしていた。

できれば太陽を巻きこみたくはなかったけれども、仕方がない。

そして正直に言えば、途方もなく地道な作業になるのであろう記事探しを手伝ってもらえるのは、心底ありがたかったのだ。

⛩

太陽と手分けをして調べた結果、あのマンションで亡くなったのは相楽詩乃《さがらしの》という名前の女性だということがわかった。享年二十五歳。死因は投身自殺だ。

意外だったのは、死んだ季節が夏ではなくて十月の終わりごろだったことだ。タカヤは服装から勝手に夏だと思いこんでいたのだが。

「オカルト好きはさー、まずこういうローカルなとこから調べるワケよ。時期がわかればこっちのもん！」

太陽が当時のコミュニティBBSを調べてくれたのだ。彼がいなければ、タカヤは新聞には記事が出なかったものとして諦めてしまったかもしれない。感謝してもしたりない。

太陽が探し当ててくれた情報によると、どうやら相楽詩乃の自殺原因は結婚詐欺《さぎ》によるものだとわかった。

そこから逆算して、賽河市近隣で詐欺事件のニュースがあったかどうかも調べていく。

その結果、詩乃を騙《だま》したのと同じ詐欺師と思《おぼ》しき男が詩乃の自殺から二年後に逮捕されていることをつきとめた。

結婚詐欺、遺産相続詐欺などを行なっていたその男は、詩乃の他にも数人を破産や自殺に追いこんでいた。証拠が多数見つかったせいか裁判で控訴をすることもなく、犯人は今、県内の刑務所で服役中だ。

図書室でコピーした資料を鞄にしまいながら、帰路を歩く。同じマンションに帰るので、必然的にずっと太陽と一緒に行くことになる。

図書館の中では毛玉モードだったしろがねも、今はぽてぽてとタカヤの隣を歩いていた。太陽にはもう正体を知られているから、交通機関や屋内でなければ毛玉モードになる必要がないのだ。

「めちゃくちゃ助かったよ、ありがとう」

「こういうの調べるの、ちょっとワクワクするよな」

太陽は元々オカルト関連の漫画や小説が好きらしい。どうりで、妙に理解が早いと思った。興味があったのだ。

「いやー、現実に除霊師とかいるんだなー。こんな風に、死因とか調べるわけか」

「いや、それは僕の……方針というか。問答無用で成仏させせちゃう人の方が多いよ」

「そうなのか？　やっぱ『破ぁっ！』ってやんの？」

「いや、さっきも言ったけどやらないよ!?　それと、なにそのポーズ？」

太陽が片手を前に突き出して、バトルマンガみたいな謎のポーズをする。タカヤが即座に否定したので、彼は少し残念そうに「そっかぁ」とうなだれた。やってほしかったのだろうか。

「ま、結婚詐欺師に騙されて自殺とかだと、怖いから消えろっていうの、ちょっとかわいそうだもんな。殺人犯とかだったら、さすがに勘弁しろよーってなるけど」

太陽は、なんのことはなさそうにそう言って笑った。

不思議な気持ちだった。

幽霊にも同情すべき点はある。それはタカヤがずっと考えていたことで、太陽がそういう風に感じてくれたことが素直に嬉しかった。

だけど、それと同時に気づかされた。同情のしようがない悪人が、怨霊になっている可能性だってあるのだ。そういう霊に会った時でも、同じように「説得が大事だ」なんて言えるだろうか？

——幽霊がいつでも説得に応じてくれるとは限らない。

春日の言葉を思い出す。

説得以前に、幽霊の全てにわかりやすく同情すべき理由があるとは限らないのだ。幽霊が、同情や共感を求めているとも限らない。

この世界に留まっていたところで生き返ることができるわけではなく、自力では本来死者が行くべき場所にも行けない。永遠にも感じられる時間を恨みに囚われて過ごすくらいなら、すぐに除霊した方が早く楽になれるだろう。悪人が死後も身勝手な理由で未練を引きずって怨霊と化しているなら、なおさら問答無用で除霊する方がいい。

幽霊に心を寄せすぎていて、彼らが今を生きている人間に無作為な悪影響を与える存在だということに、意識が向いていなかった。

怨霊を相手にするというのは、そういうことだ。サクラの時は、たまたま母親に理解してもらえた。詩乃には、たまたま素直に同情できる事情があった。そこはきちんと認識しておかなければならない。

「太陽はさ、その……怖くないの？　自分ちが事故物件だってわかって」

口に出してから、しまったと思った。怖くないわけがない。わざわざ異変が起きているのが自分の家だけかどうか、タカヤを呼び止めて確認したのだから。

だけど、太陽は気にしていない様子で笑っていた。

「いやいや、俺こそなんか、こっちのオカルト的な興味に付き合ってもらっちゃった感あるからさ。それでおあいこ」

「そんなに興味あるんだ」

「オカルトな話題って人を選ぶから、大学入ってからはそういうのあんまり言わないようにしてたんだ。だから、正直ちょっと嬉しいんだ。いくらオカルトな話題振っても、タカヤならそれが本職だからオッケーじゃん」

嬉しい。それはタカヤだって同じだ。こんな風にオカルトな話をしても大丈夫と思える人間が、家族以外にいなかった。

「僕も、太陽が友達になってくれてよかったな」

「はは、それじゃお互いにラッキーってことで！」

オカルトで結ばれる友情があるなんて、今まで考えたこともなかった。

（ちゃんと、太陽の家の霊障、鎮めないとなぁ）

学生寮でもないのに友達が隣の部屋に住んでいるなんて、よくよく考えたらものすごい稀有《けう》な状況だ。できればそのままであってほしい。オカルトマニアの彼ですら引っ越しを決意せざるを得なくなるような、酷い霊障が起きないようにしなくては。

それは、あのマンションの霊を救うことにも繋がるはずだった。

⛩

その日の夜中、タカヤは家に忍びこんでいた。忘れ物を取りに来たのだ。

家出をした手前、玄関から堂々と帰るのははばかられた。そして、こんな時に限って春日は仕事中で、なかなか連絡がつかない。

勢いで家出したせいで、タカヤのカバンには当面必要な大学の教材と着替えセットくらいしか入っていなかった。肝心な「商売道具」を忘れていたのである。

「うーん……なんとか、家には入れたけれど」

近くの木によじ登って、塀を乗り越えた。人に見られたら通報待ったなしである。

タカヤの家は「寺」だけに境内を含めて敷地は広く、除霊師という商売柄もあってか隣家までも少し離れている。幸いにも、どう考えても不審者な行動を見られずに済んだ。

ちなみにタカヤは、さほど運動が得意な方ではない。木登りをする姿を見られなかったのは、不様《ぶざま》を晒《さら》さなかったという意味でも幸運だった。

「僕の部屋、二階なんだよなぁ……」

近くにちょうどいい感じの木もないし。木があったとしても、もう木登りをしたくない。二度としたくない。生涯ずっとしたくない。

少し考え込んだ後、タカヤは窓から侵入することにした。千住寺は歴史ある建物だ。平たく言えばボロい。木の窓枠を無理やりサッシに作り替えているせいか時々たてつけが悪くなり、ガタガタと揺らせば鍵を開けられるのだ。

なぜそんなことを知っているかというと、中学のころにちょっとした出来心で試したことがあるからだ。マンガやアニメに影響されるお年ごろだった。格好よく夜にそっと抜け出したいと思ったのだが、二階だったために地面に落ちる勇気はなく、未遂に終わっている。

「防犯的にはどうかと思うけど、中二病のころの僕、ちょっとだけありがとう」

庭の手入れに使う梯子《はしご》を倉庫から拝借した。背伸びすれば、何とか二階の窓に届く。木登りの時と大差ないみっともなさで梯子を登ると、大きな音を立てないように、慎重に窓枠を揺らして窓を開けて部屋に入った。

「もう絶対こんなことしない」

静かに深く心に刻んで、タカヤは部屋にあったリュックにひたすら道具を詰めこんだ。墨、筆、すずり、和紙。見た目だけならただの書道セットだが、もちろん違う。これは全て特別な材料で作られた護符作成用キットだ。

除霊は一切できなかったタカヤであるが、霊力だけは飛び抜けている。そして、直接的な除霊以外の仕事なら、この霊力は役に立つのだ
何せタカヤは一族の中でも随一の霊力の持ち主である。タカヤが作ると、ただの護符もやたら強力になるらしい。普通のアルバイトに向いていないタカヤにとって春日を通して依頼される護符作りが、家賃や生活費をひねり出すための内職である。

太陽に渡す護符を作るのはもちろんだが、今後の生活費捻出の内職的な意味で重要なアイテムなのである。

「これさえあれば、霊障を抑える護符はひととおり作れるな。よーし、あとは静かに帰るだけだ……」

「帰るも何も、ここはお前の家だろうに」

「ぎゃあああああ！」

危うく窓から落ちるところだった。何せ、今まさに外に出ようと窓枠に足をかけたところだっ

たのだ。

　振り返ると、父が呆れ半分の顔でタカヤを見つめていた。

「ええと、父さん!?　これには事情が！」

「事情はわからないが、窓から出入りするのは危ない。きちんと玄関から普通に出入りしなさい」

「はい……」

　素直にうなずいてしまった。こちらとしても、窓からの出入りはしたくなかった。梯子というアイテムを手に入れたとはいえ、これから塀も越えなければいけないのかと軽くグロッキーになっていたところだ。

「窓の修理が必要だな。手配しておこう」

「はい………」

　つまり、次に同じ手を使えるとは思うなよ、の意味。

「今すぐ家に戻れとは言わん。お茶くらい飲んでから、玄関から普通に出なさい」

「二回も言う?」

「あせってそのまま落ちられたら、こちらとしても寝覚めが悪い」

「ソウデスカ」

　心なしか棒読みになりながら、窓枠にかけていた足を下ろした。

居間に通されて、お茶を淹《い》れるという父を気まずく待った。父は本当に二つ湯呑みを用意して、お煎餅《せんべい》まで添えて戻ってきた。

「物を取りに来るなら、春日を頼ればよかったのだろうに」

「その、兄さんと連絡つかなくて。あと、急いでて……」

「春日は仕事中だ。明後日《あさって》まで帰らん」

除霊師は仕事柄、夕方から夜に行動することが多い。仕事で数日家を空けることは、よくある。タイミングが悪かったようだ。

「ええと、その、父さん」

「春日から色々聞いておる。すぐに戻れとは言わん。その気ならとっくに連れ戻しているところだ」

「だよね、うん」

「ただな。お前が本気でこの家を継ぐための修行をするつもりなら、春日の立場についてはきちんと言っておかねばならんと思ってな」

「うん？　兄さんがどうしたの？」

「お前はなぜ、この家を継ぐのが最も霊力が高い者とされていると思う？」

それが高谷家の方針だからではないのか。どうして、この話と春日が関係するのだろう。

タカヤは心なしか背筋を伸ばして、正座した。父があえて尋ねているのだから、重要なことのはずだ。

「もし僕じゃなくて兄さんが継ぐとしたら、何か問題があるってこと？」

「問題が起こるとは限らない。だが、起こる確率はあがる。霊力は、土地神を束ねる高谷家の当主に必要な条件だ」

高谷家の管理下にあるとはいえ、使い魔たちは全て元々『神』なのだ。土地を追われて高谷家が引き取った『神』もいれば、交渉によって高谷家と契約した『神』もいる。

通常の神社における分霊とは違い、あくまで使い魔が自主的に高谷家に力を貸してくれているのだ。そして過去にタカヤがそっぽを向かれたことからもわかる通り、使い魔たちにも『選ぶ権利』がある。高谷家は契約によって『神』から力を借り受けるわけであって、支配しているわけではないからだ。

「そうか。霊力が高くないと、使い魔に何かあった時に手が出せないんだね」

高谷家の当主は、いわば使い魔たちの総元締めだ。血脈と霊力で繋がっている。仮にも『神』である存在と常時接続しているとなると、どうしても強い霊力が必要なのだろう。

タカヤの推測は正解だったらしい。父は鷹揚《おうよう》にうなずいた。

「その認識で間違いない。霊力は高ければ高いほど、安定する」

「それじゃ、兄さんがもし継いだら危ないってこと？」

「お前が継ぐよりかは危険が多かろうな」

「それ、兄さんも知ってるの？」

「当然、知っておる。その上でお前が家を継がないなら、自分が代わりに継いでもいいと言っている。その意味をよく考えなさい」

春日は、タカヤに何も言ってくれなかった。いや、多分言えなかったのだ。

タカヤはまだ正式な除霊師ですらなく、やっと第一歩を踏み出したばかりだ。必ず跡継ぎにならなければと使命感に燃えてみたところで、結果が伴わなければ意味がない。

それに春日ならきっと、タカヤが別の道を選びたいと考えた時には、何の心配もなくその道を歩いていけるように応援してくれるはずだ。そういう兄なのだ。

「あのさ、父さん」

「どうした？」

「兄さんには、今日僕が実家に戻ったこと、言わないでくれる？」

優しい兄が自分を思って隠していてくれているなら、もう少し「知らないフリ」をしておきたい。

「いいだろう。まだお前が継げるかもわからないからな」

「……そこはほら……僕はまだ、これからなので」

（ただぼんやりと、継ぎたいって言うだけじゃダメなんだ）

高谷家を継ぐということは、単に除霊師として一人前になればいいというわけではない。高谷家に力を貸してくれる使い魔を束ねる、責任者になるということだ。そして、それが春日のためにもなる。

「父さん、僕なりに頑張ってみるから、もう少しだけ時間をくれる？」

「ここで春日が家を継ぐなら自分は好きにさせろと言うような息子だったら、勘当していたところだ」

「頑張ります……」

「頑張りを見せるのではなく、結果を出せ」

「はい……」

父の厳しい言葉に背中を押されながら、タカヤは家を出た。

ここから先は、遅れてきた反抗期の家出ではない。

タカヤがいずれこの家を継ぐための、修行なのだ。

⛩

夜中の実家侵入から、十日ほど。

その間にわかったことは、どうやら詩乃が飛び降りを行うのは「水曜日の午前0時」であるらしいこと。これはタカヤが目視で確認し、太陽が調べてくれた情報と照合した。彼女が亡くなった曜日と時間が、どうやら水曜の0時だったようだ。死亡した時の条件を反復するのは、怨霊に多いケースである。

そしてポルターガイストの範囲は、角部屋のタカヤの部屋と、隣室の太陽の部屋だけであることを確認した。これは、太陽が調べてくれた情報による。

過去にこのマンションが賃貸サイトに載った時の、家賃情報を調べたのだ。家賃が極端に安いのはタカヤと太陽の部屋だけで、階下の部屋は相場よりも少し安い程度だった。家賃を大幅に引くほどの問題は起こらなかったのだろう。

「いや、タカヤのお札、マジすげーわ。全然ポルターガイストもラップ音も起こらなくなった。お札パワーすっげー！」

太陽の部屋を訪ねると、彼は常に携帯しているらしい護符を持って興奮気味に早口でまくしたててくる。実家に帰った時に持ってきた道具で、彼に護符を書いて渡しておいたのだ。護符さえあればほとんどの霊障が防げるはずだった。

「図太いやつだのう。霊障を除けただけで、このマンションに幽霊が住んでいることには変わりなかろう」

しろがねが呆れ半分に、舌で鼻を舐《な》めている。

「いやいや、自分ちで霊障があるのは色々困るけど、そうじゃないなら幽霊マンションに住んでいるのって、オカルトオタク的にはむしろご褒美ですよ、しろがねさん！」

「タカヤといい太陽といい……本当に図太すぎて、ワシはどういう顔をしていいかわからんぞ」

心なしか、しろがねの目が据わっている。最近、タカヤにもこのポメラニアン（狛犬）の表情が、そこはかとなく読み取れるようになってきた。

「僕、護符を書くのだけは得意なんだ」

タカヤは鼻を高くした。霊力が役に立つのは、素直に嬉しい。

ちなみに女性――相楽詩乃の霊はいまだにタカヤの部屋で暴れ狂っている。しろがねがたまに威嚇《いかく》しているのだが、少しも収まらない。このポメラニアンは本当に土地神なのだろうか。

タカヤの住む四〇一号室は、相楽詩乃が元々住んでいた部屋のようだ。今いる太陽の部屋は、少なくともタカヤが来るまでは平穏だった。つまりタカヤの部屋で霊障が起きていなければ他の場所までは影響が出ない、と思われる。

この部屋だけはどれだけ家賃が安くても、タカヤが来るまで入居が決まらなかったくらいだ。きっと霊感がほとんどなくても感知できるレベルで、霊障が酷かったのだろう。

「十年は、怨霊として考えればまだまだ時代が浅い。それに、四〇一号室に住人がいなければ隣の部屋までは影響力を広げられない。だから、怨霊の中では比較的恨みが軽い方だと思う」

タカヤの論に、しろがねはフスフスと鼻を鳴らした。このポメラニアン、何か思うところがあると、とりあえず鼻を鳴らす癖がある。あと笑う時。

「なんか言いたいことある？　しろがね」

タカヤがうろんな視線を投げると、ポメラニアンはもう一度プスっと鼻を鳴らした。

「あの血まみれ暴れ女を見て冷静に分析しおるの、いっそ尊敬するぞ」

「大事なことじゃないか。説得が通じるかどうかの判定が段違いだよ」

舌を出して鼻を舐めながら呆れられても、かわいいだけで何の威厳もない。ポメラニアンの小言を聞き流しながら、封印、浄化の札を何枚か書く。

正気に戻すためには、一旦恨みを浄化しなければならない。怨霊は恨みの感情だけが肥大化している状態だ。それ以外の感情が全て消し飛んでいるから、話し合いにはならない。

きっとあの霊は、自分が相楽誌乃という女性であったことすら忘れているはずだ。

自我さえ取り戻せば、彼女を自殺に追いこんだ犯人がすでに法的裁きを受けていることを伝えられる。それで溜飲を下げてくれればよし。もしダメだったらその時は――。

そこまで考えて、慌てて首を横に振った。悪いことばかり考えても仕方がない。

「なー、タカヤ。そんでその女の人の霊、結局どうするんだ？」

「あの幽霊、飛び降り癖があるみたいなんだ。多分、自分が死んだ水曜日の午前0時に飛び降りる。そのタイミングでなら、正気に戻しやすいかもしれない」

部屋に出ている間はほぼ暴走状態の怨霊でも、周期性の行動を繰り返している間は多少理性的になる。それは人間だった生前に近づくと言ってもいい。幽霊を『説得』するなら、そのタイミングを狙わない手はないだろう。

「不動産屋さんに許可を取って、封鎖中の屋上に行く許可と鍵はもらってきたから、今晩試してみる」

「なんか手伝うか？」

「いやでも危ないし……」

「これ持っているだけで、何かすごく役に立てそうな気がするじゃん」

太陽が、例の護符を突き出した。確かに、護符があれば太陽の身くらいは守れる。

「それに、タカヤが幽霊と話すところ、生で見てみたいんだよな」

その純真に澄んだ好奇心の眼差しよ。初めてできた人間の友達が、期待に満ちた様子でこちらを見つめてくるのを、タカヤには跳《は》ね除《の》けることができなかった。それにしろがねがいるとはいえ、術を使う時はそれなりに無防備になる。近くで太陽に護符を持っていてもらえば、少なくとも霊障事故は防げるだろう。

「しろがね、太陽に手伝ってもらおうと思うんだけど、いい？」

「そやつは今回の助手じゃからな。いいじゃろ」

しろがねはフンスと鼻息を鳴らしてそう言った。もしかして、威厳を見せつけているつもりなのだろうか。申し訳ないが、小犬なので偉そうには見えない。

「簡単に言うね、しろがね」

「太陽に危険が及ばないようにするのも、あの怨霊をどうにかするのも、お前が選んだお前の仕事じゃ。太陽はもとより、ワシにできるのも手伝いのみ」

ぺちりと、少し湿った肉球がタカヤの手の甲を叩いた。

「お前はまだまだ除霊師として半人前じゃ。自分の力がどこまで及ぶのかもわかっておらん。借りられる力は素直に借りるのじゃ。失敗するよりはだいぶマシじゃよ」

「そっか……。うん、そうだよね」

幽霊を説得して成仏させる試みの成功例は、まだサクラの一件のみだ。そもそも、説得して成仏させることを『除霊』と定義していいのかもわからない。

あの父が「試したけど誰も成功しなかった」と言ったことを、半人前のタカヤが一人で成功できるなんて思うのは慢心がすぎるだろう。

「太陽、しろがね、もう少しだけ付き合ってくれる。その、危ないことは僕がなんとかするから」

「ワシはお前の使い魔じゃからな。言うまでもない」

「俺も、友達だからさ、そういうのはヌキでいいぜ」

一匹と一人のありがたい言葉を聞きながら、タカヤは改めて気を引き締めた。

今晩が勝負どころだ。


火曜日、深夜二十三時五〇分。

封印浄化用の護符をお香で焚き染めた後、タカヤはしろがね、太陽と一緒にマンションの屋上に上がった。このマンションはタカヤたちが住む四階が最上階だ。一階上がるだけでいい。

「もし霊が暴れたら、ご近所迷惑になったりするのか」

太陽が興味半分、心配半分といった顔で屋上を見回している。

「結界を張るし、大半の人はそこまではっきり幽霊の声を聞くことはできないから、せいぜい風が強いのかなって思うくらいだよ。実際に霊障があったのも、僕と太陽の部屋だけでしょ」

霊にはテリトリーがある。地縛霊ではなくても、大抵の霊は自分の活動範囲を大きく逸脱《いつだつ》しない。そして、霊障を起こす範囲も霊のテリトリー内に収まる。このマンションの幽霊は、恐らく地縛霊。そしてテリトリーはタカヤの部屋と隣室、屋上のみだ。

二十三時を過ぎたあたりから、タカヤの部屋では霊障が収まっていき、やがて女の幽霊はそっと部屋を出ていった。それをタカヤたちは追いかけたのだ。

今、霊も屋上にいる。太陽には見えていないようだ。結界を張ればこの屋上一帯が霊的な力を帯びる状態になるから、護符を持っている太陽にも見えるようになるだろう。

タカヤの兄の春日がそうであるように、除霊師の多くは「霊が見える」ことを重視しない。見えることは必ずしも除霊師に必要なスキルではないのだ。

はっきりと見えなくても気配はわかる。重要なのは、その霊が人に害をなすかどうかだ。はっきりと人間の姿に見えていればいいというわけでもない。見えているからこそ、割り切れないことだってある。

（でも、僕はそれを『見えているからこそできる』に変えたい）

かつては人間だったのだから、悲しい思いをして死んでいったのだから、せめて未練なく旅立ってほしい。

「しろがね、行くぞ」

「やれやれ、やっと出番が来たのう」

護符を三枚、指に挟む。封印、浄化、結界だ。

「かけまくもかしこき地の神に申し上げます。彼《か》の荒御霊《あらみたま》を鎮め、禍《まが》つこと罪穢《けが》れ在《あ》らんことを祓いたまえ清めたまえと申すことを聞こえしたまえ、かしこみかしこみ申し上げます」

三枚の護符が、白い光を放って消えていく。その光をまとったしろがねが駆けていく。

前回は説得で大人しく旅立ってくれたから、しろがねに力を乗せて浄化を試みるのはこれがはじめてだ。しろがねと力が走りやすいように、タカヤは屋上の床に手を当てる。

そして——。

「ポメラニアタックを喰《く》らうのじゃ！」

跳び上がった白いポメラニアンが、女性の怨霊の胴体にマッハでアタックした。

「それ、霊力発揮する方法だったの⁉」

いつぞや、タカヤがしろがねと初めて会った時にやられたアレ。

散々ポメラニアンを否定しているのにポメラニアタックとか自分で言うし。

困惑するタカヤを置いてきぼりにして、幽霊にポメラニアアタックが繰り返されること数回。

「いったいわね！　何するのよこのバカワンコ！」

屋上には女性のキンキンとした怒声が響き渡る。

「正気に……戻った？」

そこにいたのは、血まみれの顔で邪悪な笑みを顔に張りつけた女性ではなくなっていた。

白いシンプルなノースリーブのワンピースに、ロングヘアの大人の女性——相楽詩乃。

「ポメラニアン、強いな？」

太陽の呆然とした呟きに、しろがねは「狛犬じゃ」と即座に訂正を入れる。ついさっき自分でポメラニアアタックとか言ったくせに。

「もう！　何なのよその犬！」

怨念を封じられ正気に戻った詩乃は、今は別の意味でキレている。無理もない。見知らぬ犬に何度もどつかれたら誰だって怒る。

「かわいい小犬なんて連れてきても、もう男なんて信じないわよ！　っていうか、どういうしつけしてるの？　凶暴すぎない？」

詩乃がそう叫ぶのを聞きながら、しろがねは「こじらせておるなー」などと呑気《のんき》に構えている。どう考えてもポメラニアアタックのせいなのだが。

「僕のポメラニアンがどついたのは、すみません、謝ります」

「狛犬じゃが」

ややこしくなるので、そっとしろがねを小脇に抱えて口を塞ぐ。

「僕らは詩乃さんの未練を断ちに来たんです」

「未練？」

ものすごい勢いで睨まれて、タカヤは少したじろいだ。さすが怨霊になるレベルの幽霊は、迫力が違う。正気に戻っても殺意がすごい。

「私はあの詐欺男の不幸しか望んでないわ！」

「それです！　それ！」

タカヤはファイルしてきた、新聞記事のコピーを取り出す。

「貴方を騙した結婚詐欺師は、別件逮捕されたんです。ちゃんと詩乃さんの事件も含めて立件されて、今は刑務所に収監されています」

あまりにもあっさりと恨んだ相手の末路を提示されてしまったからなのか、詩乃はポカンと口を開けて驚いていた。

「本当に、本当にアイツ、捕まったの？　私に破産するまで貢がせて、あっさり捨てたアイツが？」

「はい。まだ収監中ですよ」

「じゃあ、私は何を恨んでまだ幽霊やってるの？」

「え？　それはその、幽霊をやめたいなら今すぐにでも気分よく成仏させることはできますけど……一応」

一応。まだ成仏させた実績がひとつしかないけれど、一応。

説得が難しいかと思えば、そうでもなさそうだ。未練の根元である詐欺師がすでに罰を受けていると知った途端、あっさりと怒りがおさまった。恐らく性根が素直な人なのだろう。だからこそ騙されてしまったのかもしれないが。

「うーん、そうね……アイツがきちんと罰を受けたなら、それはよかったわ」

「今なら僕としろがねで、貴方の成仏を手伝えます。というかここ、事故物件になってしまっているので、できれば成仏していただけると住人としてはありがたいかなーと」

「えっ、事故物件に？　私のせいでなんかゴメンね？」

本当に、根は正直な人らしい。詩乃はあっさりと納得した。

「でも、成仏ってさっきのワンコアタックじゃないよね？　それならちょっとイヤ」

「いえ、もっと穏便に楽しく爽やかに逝っていただきますので」

「成仏って楽しく爽やかなものなのか？」

うしろで太陽が首をかしげている。口を塞いだしろがねがフスフスと鼻息を荒くしている。

勢いで言ってしまったが、特に楽しかったりはしないかもしれない。恨みが晴れたのなら、爽やかではあるかもしれないが。

そう思った瞬間。

「あ、水曜日の午前0時……」

詩乃は急にそう呟いて――。

フラフラと屋上のフェンスをすり抜ける。

「えっ？　未練を断ち切れたんじゃ？」

タカヤはしろがねを放り出して、彼女の下に駆け寄った。

「落ちる！」

太陽の声が妙に遠く感じた。タカヤなら霊に触れられる。詩乃を止められる。

それなのに――詩乃へと伸ばした手はフェンスに阻《はば》まれて、詩乃の身体《からだ》はゆっくりと夜空に投げだされた。

「……どうして」

心残りはないと、成仏していいと言ってくれたのに。

詩乃は落ちていった。

「どうすればいいんだ……これ」

困惑してへたりこんだタカヤの後ろに、太陽が駆け寄ってくる。

「どうなったんだ、あの女の人」

二人で呆然と屋上に立ち尽くしていた、その時。

「あ、あの……なんか本当、ごめんね」

突然、後ろから声をかけられた。

タカヤと太陽が振り返ると、しろがねに連れられた詩乃がバツの悪そうな顔をして立っている。特にどこも怪我をした様子はない。血まみれにもなっていない。彼女はもう死んでいるのだから当たり前と言えばそうなのだが……。

しろがねは呆れ半分の様子で、かたわらに立つ詩乃の足元をたしたしと前脚で叩く。

「どうもこやつ、飛び降り癖は治らなかったようじゃな」

「それじゃ、未練が残っているってこと？」

未練が解消されなければ、成仏させるのは難しくなる。これではしろがねに冥門を開いてもらっても意味がない。

このマンションに憑いていたということは、恐らく詩乃は地縛霊だ。この場所と彼女の未練は、深く結びついている。タカヤがいくら成仏させようとしても、この場所に縛りつけている未練が彼女を引きずり戻してしまう。

詩乃は心底申し訳なさそうな顔をして、タカヤの近くまで歩いてきた。

「貴方、名前はなんていうの」

「タカヤです」

ややこしくなりそうなので、フルネームは言わなかった。詩乃はさほど気にしなかったようだ。タカヤに向かって頭を下げる。

「私のために真剣に考えてくれているのよね。ごめんね、私にもどうしてこうなったのか、よくわからないの。悲しい想いもたくさんしたけど、ここは私にとって想い出の場所だからかもしれない」

「詩乃さん……」

彼女自身にもわからない、このマンションに縛りつけられるだけの理由。

強い術を使って強制的に除霊をすれば、無理やり未練を引き剝《は》がして成仏させることはできるが——。

その方が、詩乃のためかもしれない。

恐らく強制除霊のための祓詞を唱えようと思ったらタカヤは、頭の中が真白になってしまうだろう。上手くできるとは思えないし、できればそういうやり方はしたくない。春日や父に除霊してもらうのは本末転倒。

詩乃のことを助けたいなら、どうするのが正解だろう。

詐欺師のこと以外で、詩乃の未練になるような出来事はないのだろうか？　他にもっと、彼女の本質に迫る未練がなかっただろうか？

詩乃が自殺した理由は、結婚詐欺にあったことによる破産。元をたどれば詩乃自身が持っていた、結婚願望が達成されなかったことによるもの。

何か引っかかるような気がするけれど、それが何なのか上手くまとまらない。

「詩乃さん、その、他に生前のことで心残りなことってありませんか?」

「うーん、長く幽霊になっていたせいか、あの詐欺師のこと以外が記憶に薄くって……」

詩乃は困ったように首をかしげた。怨霊だった間は正気を失っていたのだから、細かいことを覚えていないのは仕方がない。生きている人間だって、十年も経てば色々なことを忘れるのだ。自我が希薄になりやすい幽霊に記憶力を期待するのは、無茶振りがすぎる。

「詐欺……うーん、詐欺に関係すること?」

「それって、詐欺に関係してないとダメなのか?」

太陽が口を挟むのに、タカヤはかぶりを振った。

「詐欺は自殺のきっかけであって、未練のそのものではないと思う。もっと、こう、生前すごくやりたかったこととか……」

「生前やりたかった……? そうね、きちんと結婚はしたかったわ」

詐欺師を思い出したのか、やや据わった目になりながら詩乃が呟いた。

結婚詐欺師に騙されるくらいだから、彼女はかなり結婚願望が強かったはずだ。

「結婚……結婚かぁ」

まだ大学生のタカヤと太陽には、縁遠い話である。二人とも彼女すらいない。

(未練は結婚に関すること、で間違いないと思うんだけどな?)

詩乃の方へと視線をやる。彼女が着ているのは、真っ白なノースリーブのワンピース。亡くなった時期を考えれば、季節外れな服装。

そこで、ようやくタカヤの中で糸が繋がったような気がした。

「……そうだ、結婚式だ！」

「へっ？」

太陽がきょとんとしている。詩乃も不可解そうにタカヤを見ている。

「詩乃さんの本当の未練は、きっと結婚式を挙げられずに人生を終えてしまったことなんだ」

だから、ウエディングドレスを思わせるような白いワンピースを着て、詩乃はこのマンションから飛び降りた。人生で一番の願い事を、叶えられなかったことに絶望して。未練は詐欺師への復讐ではなく、あくまで結婚願望の成就だったのだ。

「それが本当の未練なら、すぐに成仏するのは難しいかも。でも、二度と怨霊にならないように浄化しきれれば、マンションの霊障はほぼ止まるはず」

幽霊が結婚することはできないから、詩乃の無念をすぐに晴らすことはできないだろう。だけど怨霊化さえしていなければ、時間が彼女の心を軽くして、自然に成仏できるようになる。時間は傷ついた心を癒す。

「僕には貴方が答えを見つけるまでの間、怨霊に戻らないように浄化を行うことはできます。どうしてもつらくて、もうこの世界に留まりたくないと思った時には……すぐに成仏させることだってできる。詩乃さんの意思を尊重します」

自分に何ができて、できないのか。どうしたら幽霊のためになるのか。どうすれば生きている人間の世界に極力悪影響を与えずに存在していられるかを、一緒に考える。今は理想論でも、そういったことの積み重ねで最適解が見つかるかもしれない。

詩乃は驚いたような顔をして二人を見て、そして少しだけ困ったように笑った。

「ああ……そっか。そうだわ、私、裏切られたことが悔しかったのはもちろんあるけど、本気で恋をして、絶対幸せな結婚をするって思っていたから……それが叶わなかったのが悲しかったのね」

困ったような笑顔は、寂しげなものへと変わっていった。

「貴方たちが、私のことを想ってくれる子でよかった。もし死ぬ前に貴方たちみたいな存在がいたら、ここから飛び降りずに済んだのかもしれないわ」

詩乃が結婚にすがったのは、彼女が抱えた寂しさゆえだったのかもしれない。彼女を支える人はいなかった。悪人はいつだって、心が寂しくて寄る辺のない弱い人間を狙う。

「私、もう少しだけ頭を冷やしたいの。このマンションね、彼と一緒に同棲していたこともあるのよ。不思議よね、自分を裏切った男との思い出の場所に縛られているなんて」

強い恨みや執着は、好意と地続きになっている。好きだったからこそ恨む、憎む。生きていたって簡単に割り切れるものではない。それが原因で死んだのなら、どうしたって切り離せるものではないだろう。

だからこそ、できることもある。

「詩乃さん」

「お姉さんって呼んでいいわよ。どう見ても年下だものね」

「えーと、じゃあ詩乃姉さん。僕、詩乃姉さんが二度と怨霊化しない、いい方法を思いついたんです。聞いてもらえますか」

「え？　どんな方法？」

興味津々な様子の詩乃に、タカヤは口を開いた。

「それは――」


一週間後、火曜日の二十三時。

タカヤは太陽と一緒に、ゆうやけ公園のベンチを白い布と花束で飾りつけていた。しろがねは特に手伝えることがないので、その辺をうろうろと散歩している。

そこに、春日がやってきた。白いシャツとジャケット、それと白のチノパンという全身真っ白なファッションである。

「いきなり呼び出してきたかと思えば、何をしてるんだ？　っていうか、全身白い服で来てくれって、どういうことだ？」

「あ、兄さん。こっちは太陽。僕のお隣さんで、その……友達」

「どうも、日比野太陽です！」

「あ、どうも……弟がお世話になってます。いや、そうだけどそうじゃなくてだな。いちから説明しろ、タカヤ」

詩乃が正気を取り戻した後、タカヤはある計画を思いついた。それを実行すべく、春日にできるだけ全身真っ白な服でゆうやけ公園に来てくれるように頼んだのだ。

全ては詩乃を、二度と怨霊化させないため。完全ではなくても、彼女の無念な気持ちをある程度は晴らさなければならない。その方法がこれだ。

「兄さん、今からちょっと結婚してほしいんだ」

「はぁ～？」

当然の反応だ。春日からすれば寝耳に水どころではない。

「除霊してくれとは言わないから、ちょっとの間だけ幽霊と結婚してほしい」

「いやいや、話が見えないぞ」

ここまでは、想定の範囲内。

「マンションに憑いた霊の無念を晴らしたくって。完全に浄化するのは時間がかかると思うけど、結婚願望を叶えればほとんどの霊障は止まると思うから」

「いやいや、待て」

「兄さんが紹介してくれたマンションでしょ？　助けると思って！」

「ぐっ」

そこを突かれると痛いらしい。事故物件であることを隠してタカヤに住まわせた手前、断りづらいのだろう。メールで事前に説明しなかったのは、春日には面と向かって押した方が効果的であるという弟歴十九年の体感による。

この公園のベンチの周りには、タカヤが護符で結界を作っている。だから詩乃以外の幽霊は近づけないし、結界の範囲にいる間なら春日はもちろん、太陽にも詩乃の姿と声が認知できるはずだ。

「詩乃姉さん、どう？　いける？」

ベンチ隣に立っている外灯の下に姿を現した詩乃は、春日の姿を見るなりぐっと親指を立てた。

「あああ、タカヤ、いい仕事してるわ！　さすがに未成年で、しかも学生が相手じゃ気分がノらないって思っていたのよねー！」

「えーと、どちらさん？」

春日はもう、諦めに近い表情でタカヤを見た。タカヤは心なしか目をそらしつつ、詩乃を紹介する。

「こちら、詩乃姉さん。あのマンションの地縛霊。享年二十五歳。今晩、兄さんの結婚相手になります」

「いや、フリな。……フリだよな？」

「こんなイケメンなら、本命でも構わないです。あ、相楽詩乃です。趣味は料理です」

「たか……春日です」

高谷といいかけてやめたのは、苗字も名前もタカヤであるタカヤがいる手前、言うとややこしくなると思ったからだろう。

「春日さんとおっしゃるんですね。うふふふ、下のお名前は？」

「いや、下の名前ですけど」

「いいんです、二人の仲が進展したらちゃんと教えてくださいね」

ややこしくなった。

「なぁ、タカヤ……これは霊を浄化させるための、フリ……なんだよな」

「……多分」

「多分て」

タカヤが計画したのは、詩乃の結婚願望を満たすための仮想結婚式を開くこと。

詩乃は地縛霊なので遠くまで行けない。だが怨霊ではなくなったことで、近距離なら移動できるようになった。だからマンションの真向かいにある、ゆうやけ公園を式場に選んだのだ。

マンションの屋上はまた許可を得なければ入れないし、飾りつけをするわけにいかない。しかしこの公園なら出入りは自由だ。夜遅くならまず人がいない。夜更かししているマンションの住人に見られる可能性がないではないが、若い男三人が何かやっていたところで、せいぜい酔っ払った大学生の遊びだと思われるだけだろう。

「タカヤ、準備できたぜ」

太陽がベンチの前に長くて赤い布を敷いて、バージンロード風にする。花と白い布で飾ったベンチは、一応祭壇のつもりだ。

結婚式を挙げられなかったことが心残りなら、挙げてしまえばいいのだ。完璧ではなくてもいい。結婚式で祝福されて幸せを感じることが、恐らく本当に詩乃が求めているものだ。だから詐欺師が捕まったことを教えただけでは、彼女を救うことはできなかった。

「神父役は俺がやるんで」

太陽はベンチの後ろに立った。彼には黒い服を着てもらった。

タカヤは裏方だ。新郎新婦役と神父役は固定なので、あとは全てタカヤがやる。音楽プレイヤーとスピーカーを持ってきて、ウェディングBGM集をセット。近所迷惑にならない程度の音量で、再生開始。

「新郎新婦の入場です！」

「え？　もう本番？　ていうか、司会お前なの？」

「うん。あの、ごめん兄さん。ちょっと時間が押してて」

「これ、そんな厳しいタイムスケジュールでやるもんなのか？」

わざわざこの日を選んだのは、いまだに残っている詩乃の地縛霊としての習性が強く現れるタイミングだからだ。あと一時間もしないうちに、詩乃はマンションの屋上に行ってしまう。それまでにどうにかして、形だけでも結婚式を終えたい。

「兄さん、お願い」

土下座をする弟の姿を見て、春日も覚悟を決めたようだった。やれやれと肩をすくめた後、形だけでも詩乃に向かって左手を差し出す。

「わかったよ。じゃあ、花嫁さんお手をどうぞ」

「……あー、イケメンにエスコートしてもらうなんて、これだけで成仏できそう」

「こちらとしてはそれが一番いいと思うけど、多分その様子じゃ成仏できないだろうなぁ」

いちいち舞い上がってウフウフと笑っている詩乃に、春日はもちろん、タカヤも苦笑するしかなかった。本当にこれで成仏できるなら、もっと早い段階でどうにかなっている。

エスコートも、腕を組んで即席のバージンロードを歩くのも、フリだけだ。

春日が本職の除霊師でも、タカヤの強力な護符があっても、詩乃は幽霊だから春日に触れることすらできない。

ウェディングマーチが小さく流れる中で、二人がベンチで作った即席の祭壇にたどりつく。

神父役の太陽が、少しだけ背筋を伸ばして、緊張した面持ちで聖書がわりのノートを開く。

セリフが書いてあるのだ。

「えー、汝《なんじ》は病《や》める時も健《すこ》やかなる時も、お互いを愛し、敬い、慈しむことを誓いますか？」

「誓います！」

詩乃の力強すぎる宣誓を聞き、やや困った顔になりながら、春日も「誓います」と答えた。

「では、指輪の交換……はできないよな？　タカヤ、どうすんだ」

「えーと、先に進めて」

指輪のことをすっかり忘れていた。というか触れないので、忘れていなかったとしても指輪の交換しようがない。

指輪を省くとなると、次は……。太陽がノートに記した順序のメモへと、目を走らせる。

「ええと……誓いのキスを」

「キス……するの!?」

「タカヤが驚いてどうすんだよ!?」

太陽が即座にツッコミをいれてくる。それとなくチェックはしたのに、肝心のところが抜けていた。フリでもキスはできるけれど、思い合ってもいない、さっき会ったばかりの詩乃と春日にさせることではない。

結婚式のハッピーなBGMをバックにして青ざめているタカヤを見て、春日は少し考えた後に右手を差し出した。

「……さすがに口にするのはお互い無理があるし、ちょっとまた手を拝借していいですか、詩乃さん」

「はい……どうぞ」

心なしか頬を染めながら（霊でも頬を赤くすることはできるらしい）、詩乃は言うままに春日に左手を差し出す。春日は少しだけ微笑んで、彼女の左手の薬指にそっとキスをした。

「指輪と誓いのキス、まとめてで悪いけど」

「え……？」

詩乃の頬がますます赤くなる。硬直して、しばらく立ち尽くして、そして――。

「え、あの……春日さん……どうしよう、好き」

「はい？」

今度は春日の方が硬直した。こちらは、やや青ざめて。

「もう、ズルい……こんなイケメンに言われたら、本気になっちゃう……」

「いやその、俺は生きた人間の女性の方が好みでして」

「フリだってわかっています……でも、よろしければ春日の下のお名前を教えていただいてもいいですか。成仏できるまで、胸の中で今のイメージを大切にしていきたいので」

何やら盛り上がっている様子の詩乃に反し、だんだん焦りが見えてくる春日。

タカヤと太陽はどこで横入りしていいかタイミングがわからず、ひたすら成り行きを見つめている。

「あのですね、春日は名前であって……」

「あっ、すみません、私ったら……そうですよね、行きずりの幽霊に名前を教えるなんて、祟《たた》られちゃうかもって思いますよね。でも大丈夫です。タカヤのおかげで私、怨霊ではなくなったので」

「いや、俺は春日って名前だけど、苗字じゃなくてですね!?」

「うふふ、結婚したら私、相楽じゃなくて春日詩乃になりますね」

「話聞いてくれますか!?」

春日が必死に伝えようとしているのに、詩乃はろくに聞きもしていない。

タカヤは詩乃がどうして詐欺師に騙されてしまったのか、わかった気がした。恋をしたら何も周りが見えなくなるタイプだ。

舞い上がる詩乃に、春日は頭を抱えている。タカヤはこの結婚式のフリをどこで切り上げるか、ウェディングマーチ三周目を聞きながら考えていた。

その時——。

「あっ、0時になる!」

急に詩乃が我に返る。そして、姿が消える。

タカヤは反射的にマンションの屋上を見た。白いワンピースの人影が、屋上にある。

「タカヤ、ありがとうねー！」

屋上でそう叫んで、詩乃は飛び降りた。

彼女は幽霊だ。すでに死んでいるのだから、飛び降りたところで傷つくわけではない。なぜか楽しそうに飛び降りたけど、飛び降りたということは、やっぱりまだまだ詩乃には未練が残っているのだ。霊障を起こす怨霊ではなくなっただけで。

「そりゃ、簡単にはいかないだろ」

心なしか落ちこんだタカヤの肩を、春日が叩いた。

自分のために、危険があっても家を継いでいいと言った兄。こんな夜中に呼び出されたあげく、無茶な願いも聞いてくれた兄だ。

「簡単にいかないから、もう少し頑張れたらなって思うんだよ」

「そうか？　俺は自殺が死因の地縛霊が、あんなに楽しそうに、幸せそうにしているのは、初めて見たよ。アレなら、強制除霊しなくてもまぁいいか、ってなるよな」

「ホントに？」

「俺たち除霊師は、自力で成仏できなくなった幽霊を手伝うんだよ。俺はそう思っている。だから、依頼がなくて迷惑もかけていないなら、わざわざ成仏はさせないよ」

それはタカヤに気を使って出てきた言葉なのかもしれないけれど、春日の本音も少し混じっているような気がしていた。

幽霊は、別に未練を持ちたくて持っているわけじゃない。どうしたって捨てられないものを、引きずって苦しんでいる。

だから未練が残っていても、それとしばらく付き合っていきたいと幽霊本人が望んでいるなら、除霊することだけが正解ではないのかもしれない。時間をかけて本人が納得して、自然に成仏できるようになるのを待ってもいい。誰にも迷惑をかけないなら、幽霊はそこにいていい。そういう考え方ができれば、救われる幽霊もきっといる。

「詩乃さん、楽しそうでよかったなぁ」

最早《もはや》、幽霊の飛び降りくらいでは驚かなくなった太陽が、どこか清々《すがすが》しい顔でマンションを眺めている。

「ワシは結局、なんもすることがなくて退屈だったがの」

しろがねが拗ねたように鼻をプスプス鳴らしたので、タカヤは優しく背中を撫でてやった。

マンションの方から、手を振りながら駆けてくる詩乃が見える。

十年間も、このマンションで恨みに囚われていた。十年間も、たった一人で飛び降りつづけていた。そんな彼女が、哀しみなんて全て忘れたような顔をしている。

「おかえりなさい、詩乃姉さん。楽しそうですね」

「楽しいよ、もう！　だって詐欺師はもう捕まってるし、イケメンとフリとはいえ結婚式できたし。最高に気分がいいわ。生きてるって感じがするー！」

「死んでますよ?」

「死んでるな」

「死んでるっすね」

「死んどるな?」

タカヤ、春日、太陽、しろがねの総ツッコミに、詩乃は「もののたとえだってば」と子供みたいな顔でむくれてみせた。

⛩

それから、マンションの霊障はほぼなくなった。

怨霊だった詩乃がマンションから離れて、ゆうやけ公園に移動したからだ。

公園はしろがねの神域に近い。公園にいれば、しろがねの浄化の力は作用し続ける。マンションにずっといるよりも、気分転換にもなるだろう。

時間が経てば詩乃の未練が薄れて自然と成仏できるはずだった。上手いこと彼女と相思相愛になる幽霊がいないともかぎらない。ということで、詩乃は公園の住人として今日もベンチでのんびりくつろいでいる。

「詩乃姉さん、また月ドラ見に来ます?」

「え、いいの？　今期のドラマ、どれも面白かったから続き楽しみなんだよね」

どうやら詩乃は、時折太陽の家で恋愛ドラマを見させてもらっているらしい。詩乃の満喫ぶりもすごいが、太陽の順応性の高さもすごい。

詩乃といつでも話せるように太陽にはお札を渡しておいたのだが、二人が普通に友情を育んでいるのには戸惑いを隠せなかった。

（これで本当によかったのかな）

春日はわざわざ成仏させることはないと言ったけれど、詩乃をすぐに成仏させなかったのが正解かどうかはわからない。きっと、これから時間をかけてその答えを見つけることになる。

「タカヤは難しいこと考えてるのね。私は割と今、生きている時よりもハッピーだけど」

「それならいいんですけど……」

未練が残っている以上、ハッピーと言ってもいいのかどうか。

「いいじゃん、タカヤ。詩乃さんがいなければ、オレとお前も友達になってなかったかもしれないんだぜ。ポジティブシンキング！」

「うーん、それもそうか」

しろがねの神社にまんじゅうを供えて、しろがね（本体）の毛皮をモフモフとする。そして太陽と一緒に、月ドラを見たい詩乃も連れだって、マンションに帰っていく。

幽霊だって、好きに過ごしていい。

誰にも迷惑をかけないなら、旅立つまでの間、少しだけこの世界に寄り添っていてもいい。

タカヤはそう、信じることにした。

第三話

朝日に向かって走れ

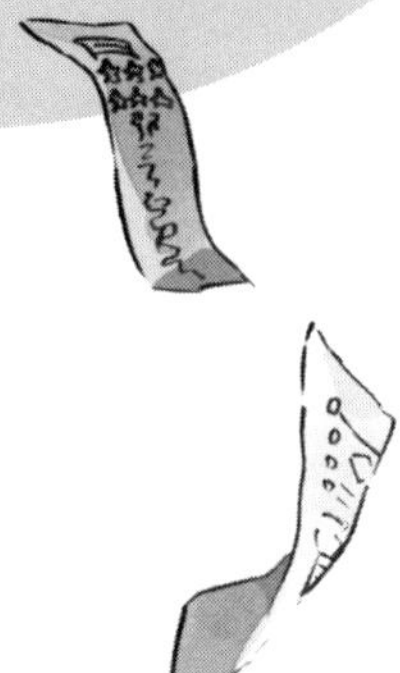

タカヤが住むマンションの隣人にして友人、日比野太陽はオカルトマニアである。

今日もタブレットを片手にタカヤの部屋に乗りこんできて、ＳＮＳの呟きを見せながら興奮気味に早口で語り出した。

「百鬼夜行《ひゃっきやこう》ライダー？」

「そう！　全国の峠《とうげ》やツーリングスポットで度々目撃される、走り屋の幽霊なんだ。色んなライダーの幽霊を引き連れて、夜中の道をバイクで爆走するの。だから『百鬼夜行ライダー』ってあだ名なんだ。それがこの賽河市にも出たって！」

その話を聞いて、タカヤは首をかしげた。

幽霊には習性がある。特定の場所に縛られる地縛霊ではなくとも、大半の幽霊は長距離移動をしない。行動範囲が広い霊でも、せいぜい市内くらいまでだろう。

（同じ習性を持つ幽霊が複数いるって可能性もあるけど、それにしては特徴が一致しすぎているし……）

バイクで走る幽霊そのものは、そう珍しくない。夜中に走行している車やバイクを追い回したり、驚かせるような追い抜き方をしたりする、よくある都市伝説的な幽霊だ。交通事故の多い道に出没しやすく、リアルの事故を誘発するために最優先除霊対象となる。

だけどこの『百鬼夜行ライダー』には、一般的な都市伝説幽霊とはいくつか違う特徴がある。

一つ、必ず複数の幽霊を連れていること。

二つ、出現地域が特定のエリアに限らないこと。

三つ、峠やツーリングスポットなど、バイク愛好家に有名な道に出ること。

四つ、多くの目撃証言でバイクごと炎上していること。

これだけ特徴が揃《そろ》っていれば、「同一の幽霊」と判断されて、SNSで話題になるのも当然だった。

「なぁ、タカヤはどう思う？」

好奇心に満ちた眼差しで意見を求めてくる太陽に、タカヤはう～ん、と首をかしげた。

「変な霊だと思うよ。基本的に幽霊って、特定のスポットに集まることはあっても、グループを作ることってないんだ。ねぇ、しろがねはどう？」

床でごろごろとしているポメラニアン、もとい使い魔の自称狛犬にも振ってみる。するとしろがねは太陽のタブレットにフンフンと鼻を押しつけた。タブレットから臭いがするとも思えないのだが。

「炎上するのは、恐らく死んだ時にバイクごと燃えたのではないかの。だいぶ別の方向性じゃが、詩乃と同じように死んだ時の状況を繰り返すタイプじゃ」

「なるほど、死んだ時の状況がバイクに乗って走っていた時ってこと？」

「そうじゃ。地縛霊にならんかったのは、ちと不思議じゃがの」

地縛霊になる条件のほとんどが、死因がその場所に由来するとか、事故などで死にたくないのに死んだことで縁が深い場所に未練が残ってしまうとか。

病死などでじわじわ死を自覚して死んだ霊は、地縛霊になる確率が下がる。

恐らく『百鬼夜行ライダー』は事故死した霊なので、本来ならば事故現場の周辺で死の状況を繰り返す幽霊になるはずだった。それが何らかの要因で、自由に動き回れる霊になったということだ。

「ねえ、しろがね。この百鬼夜行ライダーさん、僕が説得したら成仏してくれるかな。賽河市に来てるんでしょ?」

「さぁ、これぱっかりは遭遇してみないことにはの。遭遇したところで、向こうはバイクに乗っているわけじゃから、説得のしようがあるかわからんのう」

「あ、そっか。僕、自転車くらいしか乗れないから並走できないしな」

ママチャリでバイクを追いかけるのは、無謀がすぎる。

タカヤは大真面目に考えたのだが、太陽としろがねは呆れた様子で顔を見合わせた。

「たとえバイクに乗れたとしてさ。並走しながら説得するの、シュールすぎね?」

「というか、そんなことをしていたら事故待ったなしじゃの」

言われてみれば、確かに。

静かに深く納得して、その話題は終了した。

終了したはずだったのだ。

⛩

「ああ、ソレは今俺がやっている案件だよ」

家に春日が寄ったので何となく『百鬼夜行ライダー』の話を振ってみて、返ってきたのがこの言葉である。

「本当に？　兄さんがやってるの？」

案件、ということは除霊の依頼が春日の下まで来ているということだ。

「業界じゃ有名だよ。こいつは神出鬼没なんだ。出現条件があやふやな上に、ただ走っていなくなるだけのことも多くて、なかなか除霊するまでいかないんだよ。あちこちに出てはいなくなる。怨念が強くはないみたいなのが救いだな」

除霊師業界は狭い。テレビに出るようなファッション除霊師ではない『本職』は、驚く程少ないのだ。血統主義なので先祖代々、その土地に根差した活動をしている除霊師がほとんどだ。そこはかとなく、この地域はどこの家で請負うというエリア分担が決まっている。

だからこそ、エリア外まで情報が共有される幽霊というのはそうそう出ない。タカヤも気にしていたことだが、基本的に幽霊というのは自分のテリトリーから逸脱した場所に移動することはほとんどないからだ。

「ねえ、兄さん。その『百鬼夜行ライダー』の件、僕に任せてもらえないかな。説得が通じる可能性は高いと思うんだけど」

話すことさえできれば、他の霊を引き連れている理由も、エリアを自由に移動できる理由もわかるだろう。怨霊ではないのなら、詩乃のように浄化に時間を要する必要もないはずだ。

「ダメだ。そもそも、相手はバイクだぜ。話を聞くために止まってくれると思うか?」

わかってはいたが、断られてしまった。一人前になってもいないのに、全国各地に出没する除霊師泣かせの霊を任せてもらおうなんて甘い。自分でも無理を言っていることは十分わかっていた。

「バイクを足止めすることはできないの?」

「できるにはできると思うが、一時的だろうな。それに大量に霊を引き連れているなら、どうやったって全部は無理だ」

そうだった。『百鬼夜行ライダー』は単体ではない。いくつもの霊を集めているから、余計に除霊がしづらいのだろう。

「見学くらいならさせてやるよ。お前の修行にもなるしな」

「ホント?　見てもいいの?」

「だから、『百鬼夜行ライダー』足止め用の護符をたくさん作れよ」

「あっ、そういうこと」

霊力だけなら一等賞であるタカヤ謹製護符は、絶大な効力を発揮する。除霊師としては半人前なタカヤでも、護符作りだけなら春日よりも上なのだ。

「つつしんでお受けいたします」

平身低頭。タカヤに『助霊師』の称号を与えたのは春日であるが、現状ではタカヤが『助霊』できそうな案件を紹介してくれそうなのも春日だ。恩を売って、もとい買っていただいてナンボである。つまり、普通に仕事がない。

タカヤ向けの除霊案件が、その辺にポンポンと転がっているわけがない。詩乃の時だって、春日が事故物件をタカヤに紹介したからこそどうにかできた。『助霊師』を続けるために、コネクションは必須である。

「兄さんのご迷惑にならなければ、少しばかり僕にもチャンスをいただければと」

「ダメだ」

「そこを何とか。ちょっとだけでいいので」

土下座。少しでも多くの霊を助けていく。理想論を現実に近づけていくためには、できそうなことなら何にでも食らいつくくらいの貪欲さが必要……な気がする。

春日はため息をついて、土下座するタカヤの後頭部を指で小突いた。

「まぁ、正直な話をすれば俺も興味はあるよ。普通の霊から逸脱しまくったライダー幽霊の正体にさ。ただ、そんな簡単に半人前に預けるわけにはいかねーの」

「それは……わかっております」

「じゃあ、顔を上げろ」

再び後頭部を小突かれて、タカヤは顔を上げると共に正座で座り直した。

春日は手近にあったレポート用紙に、ペンで簡単な図を描く。川と橋、横を走る道。道の両端に東西を書く。

「この街で初めて『百鬼夜行ライダー』が目撃されたのが、このマンションから十キロくらい先にある『賽河リバーサイドロード』だ。川沿いを東西に伸びている上に、開けているから朝日と夕日、どっちも拝める」

そこまで話すと、春日は図の西から東に向けて、まっすぐに矢印を引いた。

「幽霊は、夜中から未明にかけて西から東に走る。だから俺たちはリバーサイドロードの東側の終点、賽河橋の近くで待ち伏せする。上手くいけば走りきって消える前に捕まえられる」

道を走るタイプの幽霊は、目的地まで走りきったら一旦消失することが多い。

だからその習性を逆手に取って、消える直前に足止めをする。走っている最中は高速で捕まえるのが難しいのだろう。今まで散々除霊師たちが取り逃してきたのは、その『走る習性』によるところが大きいはずだ。『百鬼夜行ライダー』に限らず、高速移動するタイプの霊は捕まえづらい。

それにしても――。

「思ったんだけどさ、兄さん」

「うん？」

「朝日に向かって走るの、幽霊的にはアリなのかな」

「どうだろうな。俺が知る限り『百鬼夜行ライダー』はだいぶ規格外だから、普通の幽霊と同じに考えない方がいいと思うぞ」

「そっか……」

本職の除霊師にそこまで言われる幽霊とは。

太陽ではないが、少しだけ『百鬼夜行ライダー』そのものに興味が出てきたタカヤであった。

⛩

今回の除霊対象である『百鬼夜行ライダー』には、特定の出現条件がない。詩乃のように「必ず出る固定の周期」がないため、今までの目撃証言や除霊師ネットワークから得た情報で、出没しやすそうな日を割り出した。

目撃証言については太陽にも協力してもらった。が、本人はレポートの提出期限が迫っているため、涙のお留守番である。太陽はレポートが苦手らしく、大体いつも提出期限ぎりぎりまで後回しにして、こうやって焦って書くハメになっている。学生の本分は勉学であるから、太陽にはレポートを頑張ってもらうしかない。

そもそもこれは春日の案件なのだから、本来なら気軽に来いとも言えない。

そういうわけで、結局春日とタカヤの除霊師&助霊師兄弟と使い魔たちで本番に挑むことになった。

「うーん、でも出現条件がよく晴れた日って」

「ツーリング日和《びより》なんだろうなぁ」

「ねぇ、兄さん、これって本当に幽霊なの？」

「幽霊のはずなんだよなぁ」

幽霊は晴れやかで気持ちのよい場所を好まない。幽霊は陽の気に弱いのだ。陽の気が強い場所というのは、明るくからっとした風通しのよい場所である。

川沿いだからやや空気が湿っているものの、見晴らしもよく、風通しもよく、その上明るい場所であるこの道は、幽霊の出現条件としては不適切だ。

「夜だから今は明るくはないけどさ。こんなところ走ったら、普通なら夜明けと共に成仏しそうだよね」

「それで成仏しないから、『百鬼夜行ライダー』なんだよなぁ」

とことん除霊師の常識を覆す存在だ。

基本的には道を走るだけの幽霊であるし、『百鬼夜行ライダー』そのものは怨霊ではないと推測できる。それでも除霊の依頼が来るのは、あまりにも幽霊として目立ちすぎるからだ。

たとえば、たまたま『百鬼夜行ライダー』と同じタイミングで霊感がある人間のドライバーが並走してしまったら。幽霊を引き連れるライダーに驚いて、事故を起こす可能性がある。実際、大きな事故には至らなかったものの、事故未満の案件はいくつか起こっているらしい。だから大事故に至る前に除霊をしなければいけない、というわけだ。

「俺が受けた依頼は、一週間以内に『百鬼夜行ライダー』の出現場所をつきとめて除霊をすること。除霊前に『百鬼夜行ライダー』が出没場所を変えた場合には、その限りではない」

「そんな短期間で出現場所を変えるって、ありえるの？」

「少なくとも『百鬼夜行ライダー』ならありえる。本当に気まぐれに出たり出なかったりするから、期間を過ぎたらまた次の出没場所の除霊師が担当するってことだな」

既に依頼から二日経過している。雨模様が続いたからだ。

残りは五日間。

賽河橋はリバーサイドロードの、東の外れ。『百鬼夜行ライダー』がここにたどりつくのは、未明ごろになるはずだ。だから午前四時くらいに、橋のたもとに来た。正直、眠い。

しかし、峠道でなかったのは幸いだった。鬱蒼《うっそう》とした山道の中で、夜中にじっと待っているのはつらい。その点、この道は見晴らしがいい。すでにうっすらと東の空が白み始めているし、思っていたほどは暗くなかった。

「みつるぎが、もうすぐ来るって言ってる」

いつのまにかブレスレットから蛇の姿にもどったみつるぎが、春日の肩に乗っている。春日はタカヤが作った護符を、道の両端に貼りつけた。これで足止めの結界を作るのだ。

「しろがねも幽霊の気配わかる?」

「そりゃあわかるとも。風に幽霊の臭いが混じり始めておるの」

フンフンと鼻を鳴らしているので、しろがねには臭いで気配がわかるらしい。タカヤが西に目を凝らすと、ぽつぽつと幾つかの光が見えた。

普通の乗用車やバイクの光ではない。奇妙にゆらめいて見えるそれは……。

「人魂《ひとだま》の群れだ!」

なるほど、『百鬼夜行ライダー』と呼ばれるだけある。十個ほどの人魂を引き連れて、赤々と炎上したバイクが高速で近づいてくるのが見えた。

「よし、仕事だ。行くぜ、みつるぎ」

護符を指に挟んだ春日が、みつるぎをけしかける。

除霊師としてはだいぶ先輩の春日は、祓詞をある程度省略できる。みつるぎとの信頼関係が長年にわたって築けているからだ。みつるぎが這《は》った場所に幾つかの光の筋が浮かび上がる。

「さぁ、スピード違反の取り締まりだぜ、幽霊ども!」

春日が結界を発動する。

光は止まらなかった。ものすごいスピードで走り抜けていく。それでもいくつかの人魂は引っかかった。

そして人魂の中心にいた炎上バイクの幽霊が、結界にかかる寸前で大きく弧を描いて静止した。

バイクと全身を包み込んでいた炎が、すこしずつ剝がれ落ちていく。人魂の動きも彼に呼応するように止まって、周囲に集まり始めた。

やがてそのバイクに乗っていた男――『百鬼夜行ライダー』は、おもむろにヘルメットをとった。無精ひげの目立つ野性的な顔立ちの男性。いかにもなバイク野郎。

「あっぶねー！　なんだこの網みたいなの！」

どうやら彼は、結界を視認できているらしい。それにしても、言動もハキハキとして活力に満ち溢れている。活力満点の幽霊とは一体。

「だいぶ濃い目の霊だな……」

春日のぼやきは、果たして『見た目』の話であったのか、『霊としての性質』の話であったのか。どちらもかもしれない。

どこからツッコめばいいのかわからない。

「何かずいぶんと元気な霊じゃの？」

しろがねの感想に、タカヤも静かにうなずいた。あまりにも溌溂としている。幽霊なのに。

「おわっ！　ポメラニアンがしゃべった！」

『百鬼夜行ライダー』は、しろがねを見るなり驚いて声をあげる。しろがねは毛を逆立てて、威嚇した。

「ポメラニアンではない！」

「お？　雑種だったか？　大丈夫だ、血統書なんかなくても小犬はかわいいぜ！」

「そういう問題でもない！」

「……ホントだよ」

思わずタカヤも横入りしてしまった。そこはまず、小犬が人語を操っていることに対してもっと驚くべきではないだろうか。理解が早すぎる。

タカヤはそっと春日に目配せをする。春日も、どうしたものかといった表情で、タカヤを見返した。どうやらこの霊、春日でもはっきり言動まで見えるようだ。

なんとなく、この『百鬼夜行ライダー』が今まで除霊されてこなかった理由がわかった気がする。どうやって対処すべきかわからないのだ。恨み辛みなどかけらも感じさせない。

「お、どうした！　そこの二人、俺になんか用か？」

普通に話しかけてくるし。

タカヤと春日は、今度ははっきりと顔を見合わせた。困惑するしかない。

基本、幽霊は自我が薄い。詩乃がそうであったように、生前の一番強い感情と、死んだ時に刻まれた習性を繰り返す。

都市伝説の分布を考えると、『百鬼夜行ライダー』は少なくとも五年前には出現している。つまり、死にたてホヤホヤの霊ではない。

死んでから時間が経つごとに、自我は弱くなる。それが怨霊でもないのにここまで自我を保っている上に、幽霊らしくないハキハキとした物言いをしている。本職除霊師が驚愕するわけである。

「あの……お名前うかがっても？」

タカヤの質問は、だいぶ間抜けなものだったと思う。対する『百鬼夜行ライダー』はといえば、爽やかさすら感じるニカッとした笑みを浮かべる。

「俺か？　俺は東海道真二郎《とうかいどうしんじろう》。仲間内ではトウカイって呼ばれている。よろしくな！」

「あっ、ハイ、どうも……」

除霊対象の幽霊からヨロシクされてしまった。どこからツッコめばいいのかわからない。横目で春日を見ると、お札を指にはさんだまま「うーん」と唸っていた。強制除霊をするべきか、いやそもそも除霊ができるのかどうか悩んでいるのかもしれない。

「こやつ、本当に都市伝説になるような霊かのう？」

プスッと鼻を鳴らして、しろがねが『百鬼夜行ライダー』――トウカイの足をぺちぺちと肉球で叩く。トウカイはそれを見下ろして、しばらく腕を組んで「んんー？」と考えこんでいた。

「なんかこのポメラニアン、ずっと人間の言葉しゃべってる気がするけど、気のせいか？」

さっきからずっと人語をしゃべっているし、会話をしているのだが。今更気づいたみたいに言わないでほしい。

「だからポメラニアンではない！」

「いでぇっ！」

ポメラニアタックが、トウカイの顎に炸裂した。幽霊とはいえ、さすがに土地神のアタックにはダイレクトな衝撃を受けるらしい。

「めちゃくちゃ凶暴だな、お前のペット！」

「ペットでもない！」

トウカイは、ポメラニアタック二発目をのけぞって避《よ》けた。油断していなければ避けられるらしい。バイク乗りの運動神経、侮《あなど》れない。

「あっぶねー」

「いや、すみません……その、ペットじゃなくて使い魔です」

暴れるしろがねを抱えて押さえつけながら、タカヤは頭を下げた。ずっと様子を見ていた春日が「はーっ」と大げさなため息をついた。

「調子狂うなぁ。今まで除霊されなかったの、納得したぜ。怨念のかけらもない。どうしていいか、判断に困る」

除霊師は怨念の強さで、除霊に必要な護符などを使い分ける。除霊師に依頼されるような霊は、大半が怨霊なのだ。

対して『百鬼夜行ライダー』ことトウカイは、霊感特化のタカヤが見ても、一人前の除霊師である春日が見ても、怨霊の要素が恐ろしいほどにない。

怨霊と同じやり方で除霊できるのかもわからず、かといって普通の弱い浮幽霊と同じように送れるかといえば恐らくそんなこともなく。

トウカイはポカンと口を開けて、しばらくして「あっ」と納得したようにうなずいた。

「除霊って、もしかして、俺を除霊しにきたのか？」

「え……あ、その……」

除霊をしにきたのは春日であって、自分はただの見学だ。しかし彼にダイレクトに除霊の話をするわけにもいかず、タカヤは静かに右往左往した。

「タカヤ、お前……嘘つけない性格だよな」

春日の呆れと諦めがないまぜになったような感想を聞きながら、タカヤは心なしかうなだれる。トウカイのキャラが強すぎて押されてしまう。

「そうかー。俺としてはまだまだ日本中の道を制覇《せいは》できてないから、もう少し待ってもらえると助かるんだけどなぁ！」

「道を制覇って……バイクで？」

「そ、バイクで。俺は日本一の走り屋だぜ！　ちょっと峠でスピード出しすぎてクラッシュしちまったんだけど、死んだ後もバイクに乗れているから問題ない！」

問題はある。死ぬほどある。

「意外と走り屋の霊って多いんだよな。事故って死ぬヤツが多いからか？　だからその土地の事故死霊を集めて、パーッと走るのが楽しみなんだ！」

「パーッと、ですか……」

「おう！　俺以外のヤツは大体気持ちよく走ったら即成仏するもんだから、毎回仲間を集め直すところからだな！」

そういえば、一緒に走っていたはずの人魂がほとんどいなくなっている。まだ夜が明け切っていないにもかかわらずだ。残っているのは、春日の結界に引っかかっているいくつか。残りはパーッと走ってスッキリして成仏した、ということだろうか。

「ねぇ、兄さん。もしかしてこの人、僕らよりもある意味霊を成仏させているんじゃ」

「待て、タカヤ。冷静になれ。こいつは都市伝説だぞ。要注意除霊対象だからな」

たかが都市伝説。されど都市伝説。噂になれば、生きている人間も興味を持つ。興味を持っていなくても、「この道には幽霊が出るらしい」という認知が深まれば、霊感がある人間なら色々と見てしまいやすくなる。

しかし『百鬼夜行ライダー』はあまりにも幽霊らしくなさすぎた。その場に穢れを持ちこむでもなく、本人はかけらほども怨念を見せず、むしろ他の霊を浄化してしまっている。本当に除霊しづらい。

いつ成仏してもおかしくないほどに清らかなのに、なぜかいる。まだ成仏していない。むしろイキイキしている。こんなに活力に満ちた幽霊は、タカヤも初めて見た。

「トウカイさんの未練って、本当にただ走りたいだけなんですか？」

思い切って、ストレートにそう聞いてみた。ここまで前向きな人が、「走りたい」という未練だけでこんな強固な幽霊になるだろうか。好奇心は幽霊にもあるが、幽霊をこの世に縛りつける力は弱い。

本当は、もっと他に理由があるのではないだろうか。

「うーん、そうだなぁ。走る以外にって、いえば……」

その時、トウカイはどこか寂しそうな顔をした。だけど何も言葉にせず、やがてニカっと笑って「何もねえな！」と笑ってみせた。

彼が言葉にしなかった部分に、『未練』がある。タカヤはそう確信した。これは今まで様々な霊を『視て』きたタカヤの直感だ。トウカイくらい自意識のはっきりした幽霊なら、感情が強すぎる霊にはできない「はぐらかす」ということにだって意識を向けられるだろう。

トウカイくらいまっすぐな性格の人が隠したいこと、言いたくないことは、恐らく生前の後悔や心残りに直結している。

「兄さん、僕がトウカイさんを『都市伝説』じゃなくする。だから、少しだけ僕に時間をくれない？」

「ダメだ」

即答だった。春日は、はぁーー、と大げさにため息をつく。

「お前、自分が半人前だって忘れてないか？」

額を小突かれたが、タカヤはめげなかった。少しハードルが高いだけで諦めるようなら、この先『助霊師』なんてやっていけない。

「トウカイさんが今後一般人を驚かせるようなことにならなければ、要注意除霊対象じゃなくなるかもしれないでしょ？　怨霊じゃないから、可能性はあるはず」

トウカイが要注意除霊対象になっているのは、『百鬼夜行ライダー』が都市伝説として有名になりすぎていて、生きている人間にまで影響を及ぼすから。そしてトウカイが除霊しづらいのは、除霊の基準である怨念がほとんどないからだ。

除霊のプロセスは、浄化、浄霊、御霊送り。まずは場を清め、霊の未練や怨念を消して、霊魂をあの世に送る。トウカイの場合はその段階を踏むことができないため、とにかく強力な強制除霊の術式を組むしかない。それはトウカイにも、除霊師側の春日にとっても負担が大きい方法である。

強力な術式には、当然強力な霊力を必要とする。ただでさえ先日、跡取りの危険について父から聞いたばかりなのだ。あまり春日に危ないことをしてほしくない。

「トウカイさんは怨霊じゃない。話がちゃんと通じる人だ。僕の方が向いているよ」

少しばかり傲慢な言い分なのは、自分でもわかっている。それでもチャンスがあるならそれに賭けたい。

「お前向け、ねえ。まぁ、確かにそうかもしれないけど、ちょっと見こみが甘すぎやしないか？」

小突いた上にデコピンまでされた。めげない。絶対に諦めない。

「期限の日ギリギリまでとは言わないから、せめて少しだけ僕に時間をください！」

思いっきりよく頭を下げた。頭を下げて少しでも考えてもらえるなら、いくらでも下げる。

春日はしばらく考えこんだ後、おもむろに「みつるぎ」と使い魔を呼んで、ブレスレットに戻した。使い魔をおさめたということは、つまり。

「三日。お前にやれるのはそれだけだ。天気予報はこの先しばらく晴れだが、本当にいい天気が続くかわからないからな」

春日は指を三本立てて、タカヤの眼前につきつけた。

「この三日間にその『百鬼夜行ライダー』を逃がそうとしたら、俺はどんな手を使ってでもそいつを強制除霊する。そしてその時は、お前は除霊師になる資格を失うと思え。いいな？」

除霊師になる資格を失う。それは高谷家の後継者としてふさわしくない、名実ともに家から追い出されるということだ。

春日はまだ、自分が跡継ぎになることのリスクをタカヤが父から聞いていることを知らない。だからタカヤが甘い考えを持っているなら、除霊師にならない道を選ばせるつもりなのだろう。だけど、タカヤはもう知っている。兄が跡継ぎになるリスクを引き受けてでも、タカヤが本当に望む道を選ばせてくれているのだということを。

「大丈夫。兄さんや父さんを失望させるようなことはしない」

「本当だな？　何かあった時、尻拭《しりぬぐ》いするのは俺なんだからな。心してやれよ？」

口ぶりは軽かったけれども、春日の目は笑っていなかった。信頼を裏切ったら、兄弟でもきちんとけじめはつける。これが仕事なのだから、当然だ。

「わかってる」

うなずいて、トウカイの方を振り返る。なぜかタカヤたちを微笑ましいものを見るような顔をして眺めていた彼は、「お？」と驚きの声をあげる。

「……あの、トウカイさん。まず貴方にお話なんですけど」

「ん？　そっちの話は終わったのか？」

自分のことに話を戻されて、トウカイは戸惑ったようだった。

「はい、ご相談なんですけど」

タカヤが『助霊』するとしても、まず大前提として言っておかなければならないことがある。

「貴方が幽霊を引き連れてツーリングしてるとですね。霊感の強い人が人魂の群れや炎上ライダーを見て、事故を起こす可能性があってですね。やめていただきたいんですよね」

現状問題だと思われる点を素直に申告した。春日が「それ、説得か？」と小声で言ったのは、聞かなかったフリをする。

一方トウカイは、少しだけバツが悪そうに頭をかく。

「そうか、俺たちは気分よく走っていたけど、そういう問題になるのか。悪かったな！　今後は気をつける！」

「素直ですね!?」

一瞬で片付いてしまった気がするが、幽霊は習性で行動するものだ。詩乃が浄化後も飛び降り癖が抜けなかったように、トウカイも習性でツーリングしてしまう可能性はある。

それに、人魂を集めることをやめたとして、炎上してしまう癖が抜けなければ解決にはならない。

「炎上する時の条件は何かわかりますか？」

「うーん、気持ちよく走ってると、いつの間にか燃えているんだよなぁ？」

この点については、本人にも自覚はないようだ。

何かあるはずだ。トウカイが幽霊である以上、習性は必ず持っている。炎上することさえなければ、夜中にバイクで走る人間と大差があるように見えない。つまり、事故原因になる可能性が各段に下がる。要注意除霊対象からも外れるに違いない。

彼が悪意や怨念を持った幽霊ではないことがわかっているのだから、強制除霊は避けたい。

「トウカイさん、とりあえず僕が霊障を止める方法を調べてくるまでの間、走るのを我慢してくれませんか？　炎上しない方法を探します」

「本当か？　俺としては炎上しないにこしたことはないから、助かるな！」

タカヤの提案を、トウカイはあっさりと受け入れた。本人は炎上したくない。ということは、やはりトウカイが炎上するのは『霊としての習性』であって、本人の意思とは別のところにあるのだろう。

「兄さんも、それでいいよね？」

「ま、俺は期限が来るまでは、手出ししないよ。できない約束はしない」

春日は肩をすくめてそう言った。

朝陽が昇り始めている。霊の活動時間も終わるのだ。

「トウカイさん。三日後にまた、夜明け前にこの橋に来てください」

「いいぜ。それまでは、大人しくしとくよ」

理解がある霊で助かった。トウカイは快諾して、朝陽の中で姿を消した。

（だけどここまでプラス思考な人が、霊になっちゃうような未練ってなんだ？）

どうやって『百鬼夜行ライダー』は生まれたのか。

彼の本当の未練が何なのか、調べなければ――。

⛩

タカヤはまず、トウカイが死んだ事故を特定することにした。事故時の状況がわかれば、少なくとも炎上の原因はわかる気がしたからだ。

そして、それは的を射ていた。

「多分これかな」

タカヤがスマホで探し当てた事故のニュースを、後ろから太陽が覗き見した。

「峠で事故。スピードの出しすぎでクラッシュ、炎上かぁ。痛そうな死に方だなぁ」

「一番初めは『百鬼夜行ライダー』じゃなくて、『炎上ライダー』って呼ばれていたんだね」

事故以降、事故現場から発した『炎上ライダー』は、行動範囲を徐々に広げていった。

人魂を引き連れるようになったのは、死後から半年ほど経ってから。『百鬼夜行ライダー』ではなく、『炎上ライダー』としての特徴で目撃地と時期を絞りこみ、事故を突き止めた。

「太陽がこういうのに詳しくて本当に助かるよ」

「ははは、俺も楽しいよ、こういうの。……はぁ。レポートさえなければなぁ。俺も『百鬼夜行ライダー』見たかったなぁ」

気晴らしに検索を手伝ってくれたものの、太陽はまだまだレポート地獄の真っ最中である。

今も会話をしつつ、必死にノートパソコンと向き合っている。

ちなみにタカヤはレポートを提出済みである。宿題は先に済ませるタイプ。雑談をしているだけのようだが、実は太陽のレポート監視係を兼ねている。

「事故の時に炎上したなら、事故の状況を再現しているんだと思うんだよね。幽霊って、死んだ時の状況を繰り返すのがデフォルトだから」

「詩乃姉さんの飛び降りみたいに？」

「そう。トウカイさん本人がいくら明るい人でも、死んだことはインパクトが強かったんだと思う」

本人の生前の性格には関係なく、全ての幽霊は死の状況に強い念を持つ。事故死の幽霊なら本人には死ぬつもりなど一切なかっただろうから、なおさら自分の死が衝撃的な出来事として魂レベルで刻みこまれる。

トウカイの場合は、炎上しながら死んだことが衝撃となって、霊としての習性に結びついた。

「スピードの出しすぎが原因だったのなら、スピードを落とせば炎上はしなくなるのかも」

「そんな単純なものなのか？」

「幽霊の習性は、基本死因とひもづくものだからね。でも、これだけじゃトウカイさんの未練まではわからないんだよなぁ。あの人、ただでさえ幽霊としては規格外だから」

「幽霊として規格外なのは、素人の俺でもなんとなくわかるもんな」

「それなんだよね。幽霊の常識がひっくり返るよ」

オカルトマニアの太陽ですら、トウカイを規格外だと感じている。

春日も指摘していたことだが、トウカイは単体の幽霊としては活動エリアが広すぎるのだ。

トウカイが事故を起こした峠は、賽河市から県を三つもまたいだ先だった。『炎上ライダー』及び『百鬼夜行ライダー』の出没場所でトウカイ本人だとほぼ断定できそうなものを調べてみても、北は北海道、南は九州まである。ほぼ日本中に出没していることになる。

たとえばこれが『トイレの花子さん』や『口裂け女』などといった、全国レベルで有名な怪談なら話は別である。その土地にいる似たような習性を持つ幽霊が、たまたまそう呼ばれるようになるだけだからだ。同じ幽霊が各地に行くわけではない。似た習性の幽霊が、日本全国あちこちに存在するだけということだ。

だけど道路や峠に出る霊で、『百鬼夜行ライダー』とほぼ同じ特性を持ち、かつ全国レベルで有名な怪談はない。道路で追い抜いて人を脅かす都市伝説としては、『ターボばあちゃん』や『首なしライダー』が全国的に有名ではあるが、トウカイと特徴が一致しない。

そもそもトウカイは『追い抜く』という習性を持っていない。人魂を集めたのは、彼がたまたま幽霊からツーリング仲間を募っていたから。幽霊としての習性は『バイクで走る』、『炎上する』の二点だけだった。

「詩乃さんみたいに、隠された未練があるってことか?」

太陽の問いに、タカヤは「うーん」と頭を抱えて突っ伏した。トウカイ本人の自己申告では「全国の道路を走り回りたい」ということになるが、すでにこれだけ日本中を走り回っている。それでも解消されないのだから、それが『本当の未練』ではないことが明白だった。

「トウカイさん、あんまり未練については触れてほしくなさそうだったんだよね。どう思う？しろがね」

タカヤの後ろでうろちょろと動き回っていたしろがねは、フスッといつもの調子で鼻を鳴らした。

「どうも何も、お前がまずどうしたいかじゃろ。期限までにあやつの未練を断つ方法を探したいなら、自分から話してくれるのを悠長に待ってはいられんぞ」

「うーん、そうだよね」

「だいいち、未練なんてすすんで人に話したいものでもなかろ」

「あー、確かに。なんにしろ、まずは強制除霊されないようにしないと」

彼の未練について調べるのは、野暮なことかもしれない。だけど本人に悪気はないトウカイを、強制的に除霊することは避けたかった。

恐らくトウカイは、要注意除霊対象から外れたら除霊の優先順位が一気に下がる。特定の相手から依頼を受けて除霊しているわけではなく、広範に影響があるから自主的に除霊師側でマークしている霊だからだ。

たとえ半人前でも、だてに除霊師一家育ちではない。その辺の「システム」は、よくよく理解しているつもりだ。

除霊の優先順位は、一番目が「特に依頼を受けてなくても見つけたら除霊」となる要注意除霊対象。二番目が「第三者から依頼を受けたら除霊」となる依頼除霊対象。この二つに該当していないなら、わざわざ除霊しなくてもいいということになる。

詩乃のケースでは、実際にマンションで霊障が起きていたにも関わらず、恐らく物件の所有者が除霊に積極的でなかったために十年も放置されていた。通常は依頼がなければ、なかなか除霊には至らないのだ。

要注意除霊対象の場合は、基本的に依頼人がいない。だからトウカイも迷惑をかけていないなら、除霊せず放置になる可能性は高い。タカヤはそれに賭けたいのである。

「人魂を集めちゃったことも、トウカイさんなりの習性なのかもしれないけど……。ねえ、幽霊の習性として他に何があると思う?」

もう一度しろがねを振り返ってみれば、自分の尻尾を追いかけてくるくると回っている。

土地神とは?

「こっちは真剣に聞いているんだけど」

「ワシだって真剣に耳を傾けておるがの」

「じゃあ回るのやめてくれない?」

「これはワシの意思とは関係ない。回り出したら止まらんのじゃ」

とか言いつつ、尻尾を追い続けるポメラニアンもとい狛犬。

「ねぇ、しろがね。やっぱ狛犬って嘘じゃない？　本当はポメラニアンなんじゃない？」

「ポメラニアンではない！　ポメラニアンが土地神になっているわけなかろう！　この姿は、お前たちに合わせて違和感がないように顕現した結果じゃ！」

「尻尾追いかけながらフスフスしているところ見せておいて、説得力ないでしょ？」

「習性じゃ！　見た目に引きずられるのじゃ！　ちらちら見えるとどうしても気になるのじゃ！」

クルクルと回るポメラニアン狛犬の姿を見ながら、タカヤははたと考えこんだ。

見た目に引きずられる。土地神のそれは、もしかすると幽霊にも多少は適用されるのではないか？

通常、幽霊は活動エリアがある程度決まっている。幽霊とはそういうものだ。多くは死んだ場所や、生前思い入れのある場所に憑く。

その点トウカイはいわばバイクとセットになった幽霊だから、憑いた対象が場所ではなくバイクだったとも考えられる。バイクという『移動手段』があるので、それが幽霊の習性になった。だから彼は自由に移動できる、と仮定する。

トウカイはバイクに愛着があっただろうから、バイクも一緒に未練とひもづいて霊体化したのだろう。

とすると、トウカイの持つ未練というのは、バイクとセットでなければ叶わないことではないのか。それも単にツーリングするだけではなく、誰か他の人間がいないと実現できないような何か。

「しろがね、ありがとう」

「どうした、やぶからぼうに」

ようやく尻尾を追いかけるのをやめたしろがねが、くりくりの黒目をタカヤに向けた。

「しろがねのおかげで、トウカイさんの未練、わかったかも」

ポメラニアンの外見になったから、小犬のような習性を持った。それが幽霊にも適用されるなら、トウカイの未練も『バイクで走る』ことが大前提としてあるはずだ。そして、それは個人ではできないこと。

「しろがね、今晩が約束の日だから、また手伝ってくれる？　ひとまず、炎上と人魂を止められれば要注意除霊対象から外せる」

「そりゃ、ワシはお前の使い魔じゃから手伝うには手伝うが……。本当に大丈夫かの」

ポメラニアンの瞳がどことなく据わったが、タカヤは「まかせて」と胸を叩いた。

強く叩きすぎてむせてしまったので、ポメラニアンの瞳はますます疑わしげになったが、これは単なる事故である。尻尾を追いかけて回るポメラニアンよりは、説得力がある――はずである。

⛩

トウカイとの約束の日。春日の除霊期限まではあと二日。

繁華街から遠い賽河リバーサイドロードは、月と星がよく見える。

タカヤは少しだけ仮眠をとってから、午前三時にしろがね、春日と一緒に賽河橋に向かった。

除霊師の仕事は夜間が勝負だ。これくらいで不平を述べているわけにはいかないのだが、眠いものは眠い。あくびを三回かみしめていると、前方から盛大に炎上しながら猛スピードで走ってくるバイクが見えた。

「今晩も盛大に燃えておるの」

しろがねが呆れたようにぼやく。

「おい、タカヤ。あれ本当に、燃えなくなるのか?」

「多分……」

春日の問いに、タカヤは曖昧《あいまい》に笑って返すしかなかった。やってみなければわからない。そして、やってみるのはこれからだ。

「やっぱりどーしても燃えちまうんだよなぁ」

トウカイが危機感の足りない感想を述べつつ、ヘルメットを脱いだ。幽霊になってもヘルメットをきちんとしているのは、生前の習慣がしみついているからだろう。

「そういえば、お前の名前聞いていなかったな。なんていうんだ」

「えっ、名前？　……ええと、高谷隆哉です」

「タカヤ？　ん？　苗字は？」

「高谷！　隆哉です！」

いつも通り、スマホに打ちこんだ名前を画面で見せる。幽霊相手にまでやるとは思わなかった。トウカイは「おっ、ホントだ！」と謎にウケている。

「で、そっちの兄ちゃんは？　お前もタカヤか？」

「……高谷春日。タカヤの兄だよ」

「苗字みたいな名前だな。兄弟揃って変わってるなぁ」

「めちゃくちゃよく言われるよ」

それぞれ名前に思うところがある兄弟は、揃ってひきつった顔になる。トウカイは気にした様子もなく、豪快に声をあげて笑った。

「じゃあ、お前のことはタカタカって呼ぶな！」

「やめてください！」

「だって、お前らどっちもタカヤだろ？　呼び方を変えた方がよくね？」

「いや、そうかもしれないですけどタカタカは嫌です」

そんなテケテケみたいな。都市伝説に都市伝説みたいなあだ名をつけられるとは。

「そっか。じゃあ……タカヤ二乗でどうだ？」

「どうだ？　じゃーないですよ！　やめてください！　兄さんも笑わないで！」

かみ殺したような笑い声が聞こえているのだが。一瞬、名前のことで心が通じ合ったのに、次の瞬間にはこれだ。

「タカヤでいいです。兄さんのことは春日って呼べばいいでしょ」

「そ、そうだな、それでいいぜ？」

「兄さん、ホント笑うのやめてくれる？」

抑え切れない笑みが口の端に見え隠れしている。本当にやめてほしい。

タカヤはわざとらしく一度咳払いすると、トウカイに向き直った。

「それで、トウカイさんの炎上グセについて考えたんですけど……トウカイさん、スピードメーターありますか、そのバイク」

「ん？　ああ、構造は普通のバイクと変わらないからな」

ほら、とトウカイはタカヤにバイクを見せてくれた。バイクに乗ったことがないから詳しいことはわからないが、確かに特に変わったところはないように思えた。

「幽霊って、基本的に死んだ時の状況を繰り返すものなんです。だから、事故った時のスピードを越えなければ、炎上しないかもしれない」

「ん？　そうなのか？　そういえば、走り始めはあんまり燃えないんだよな。やってみっか」

おもむろにヘルメットをかぶり、トウカイはバイクに跨《また》がった。

エンジン音もなくバイクは走り出す。来た時よりもゆっくりと。ライトが小さくなるまで走って、車道に対向車がいないことを確認してからUターンして戻ってきた。

ヘルメットを脱ぐ。無精ひげまじりの顔が、爛々《らんらん》と輝いていた。

「マジだ！　安全運転なら燃えねーわ！　幽霊だからスピード出してもいいかって思ってたけど、そんなことないんだな！」

スピードを出すことよりも、バイクに乗っていることの方が大事なのだろう。炎上しなくても済む方法が見つかって、トウカイは心底嬉しそうだった。

——ここまでは、タカヤの想定内だ。

（トウカイさんの未練は、少なくとも『早く走りたい』ではなかった……）

早く走ることが未練に直結しているなら、トウカイはスピードが出せないことを残念に感じたはずだ。

幽霊は、よくも悪くも正直である。何かを成し遂げるために何かを巧妙に隠す、といった細かい感情の機微はない。むき出しの魂は、生きている人間よりも直情的だ。

（バイクと関係していて、それでいて多分『一人ではできない』こと）

人魂を集めて集団で走っていたのは、トウカイが無意識に自分の未練を断とうとしたからではないだろうか。走るだけなら、一人だっていいのだ。実際、トウカイの死因は単身事故だった。事故当時、一緒にいた人間はいない。

その時、しろがねが「邪魔するぞ」と言ってトウカイのバイクに飛び乗った。

「バイクからも霊気が出ておる。こいつはトウカイとは別個体の霊じゃぞ」

「あ、やっぱりそうなの？」

炎上理由の他にもうひとつ、タカヤが知りたいと思っていた点が、バイクの性質だ。トウカイという幽霊にバイクが付属しているのではなく、バイクはバイクとして個の霊体であるとなれば、普通の幽霊とは前提が変わる。

「トウカイさんは場所ではなくて、バイクの方に縛られていたってことだね」

「そのようじゃの」

トウカイは意味がわからないようで、「ふーん？」と首をかしげている。一方、春日の方はタカヤの推論に気がついたようだ。小さく「なるほど」と頷いた。

「バイクは移動するもの。だけど自我はないから場所に縛られない。トウカイさんには自我があるけど、縛られているものがバイクだから、バイクと一緒なら移動できるんだ」

人間とは違って恨みつらみが怨念となることがないだけで、物にも霊魂は宿る。生前愛用されたもの、殺人や自殺に使われたもの。方向性は違えども、生きていた時に強い念をもって使われていた物は、壊れたとしても道具そのものが霊的性質を帯びてしまう。

トウカイは幽霊になった時に、一緒に霊体化したバイクと結びついた。だからバイクと離れさえしなければ、どこにだって移動できる。それが都市伝説『百鬼夜行ライダー』を全国に広めることになったのだ。

春日は興味深そうに、トウカイのバイクを観察している。

「バイク単体では炎上しないはずだから、スピードに気をつければ人に迷惑はかけないってことだな。つっても、未練とは関係ないみたいだが」

これはあくまで『百鬼夜行ライダー』の性質の解明だ。

「除霊対象から外すには、もうひとつくらい根拠がほしいところだが」

「ん？　これでＯＫってことにはならないのか？」

春日の言葉に、トウカイは首をかしげつつバイクに跨った。

思えば、その時に止めていればよかったのかもしれない。よくも悪くもトウカイにはあまりにも邪気がなかったので、タカヤは――春日ですらも、そこまで気に留めていなかった。

「悪いが、『百鬼夜行ライダー』としてアンタは有名になりすぎているんだ。やめました、ハイそうですか、ってわけにはいかない。これさえしなければ絶対大丈夫っていう条件を知るなら、どんなことが未練になっているのか原因を探すのが手っ取り早いんだが」

「そうか」

トウカイは、そう短く答えて――バイクで走り出した。

「トウカイさん！」

「悪いな！　俺にも譲れないものがあるんだ！」

走り出しなのでさほどスピードは出ていない。しかし、いかんせんタカヤと春日は生身の人間である。バイクに勝てるわけがなかった。

トウカイは橋に向かって、バイクを走らせていく。

「トウカイさん、どうして……！」

どんどん遠ざかるトウカイの姿をなすすべもなく見送っていると、急に視界がひっくり返った。

「タカヤ、追いかけるぞ」

「え？　あ？　へ？」

いつからそこにいたのか。白い毛並みの巨大な狼が、タカヤの服の首元をくわえて引っ張り上げた。

「うわっ!?」

そのままぐるりと一回転したか思うと、タカヤは狼の背に乗せられていた。

「振り落とされるなよ、毛につかまっておれ」

「その声、もしかしてしろがね!?」

「そうじゃ。お前の霊力、少しばかり借りる」

ポメラニアンではない。今なら狛犬、霊獣だと言われても信じる。

しろがねはタカヤを乗せて、地を蹴った。ひとつ跳ぶだけでも風景がぐんと後ろに飛んでいく。風になったかと思うようなスピードで、しろがねはリバーサイドロードを駆けた。

そして、賽河橋を渡り切ろうとしているトウカイの前に立ち塞がった。

「大人しくせい！」

「のわっ!?」

大きく弧を描いて、トウカイのバイクは急停止する。霊体でも、土地神であるしろがねは突破できないのだろう。

「あっぶねぇ！　死ぬかと思った！」

トウカイが一息にそう叫んだ。死ぬかと、と言われてももうとっくに死んでいる。

だけど、動揺して止まっている今がチャンスだ。

「しろがね！」

「まったく、人の話も聞かんで逃げるやつがあるか！」

狼モードのしろがねが前足でバイクを押さえつける。当たり前だが、幽霊よりも土地神の方が強い。トウカイはバイクに乗り直すこともできなくなってしまった。

「まだ俺は除霊されるわけにはいかないんだ。迷惑はかけない。見逃してくれないか？」

今まで闊達《かったつ》としていたトウカイが、初めて苛立ちを見せている。だけどそれはやはり、多くの幽霊が持つ怨念とは違う気がした。もっとひたむきで、まっすぐな――強いて言うならそれは、『願い』というべきものだろうか。

「話を聞いてください。僕は、トウカイさんを強制除霊しなくても済むようにしたいんです」

トウカイとタカヤの利害は一致している。春日だってきっと、あの場で強制除霊するつもりはなかった。少なくともタカヤは炎上の霊障を解決したし、春日の除霊期限まではあと二日あるからだ。

「僕はトウカイさんの未練を断つ手伝いがしたいんです」

しろがねの背中から降りて、タカヤはトウカイの正面に立った。しろがねの陰に隠れたままでは、想いが伝わらないと思ったからだ。

幽霊と、彼らの持つ断ち切れない未練と向き合う。それがタカヤの『助霊』だ。

「バイクと一緒に霊になったならきっと、未練になっているのはバイクに乗っていないと叶わないことのはずなんだ」

幽霊は死んだ時の状況や、未練に関わることを繰り返す。サクラが花を探したように、詩乃が白いワンピースで飛び降りを繰り返したように。

トウカイが人魂を集めて走ったのは、「一緒に走る仲間が欲しかったから」だろうか。それなら、人魂を成仏させてはいけないはずだ。ずっと集めた人魂を引き連れて走り回る霊になってもおかしくはない。

だけどそうはならなかった。それはきっと――。

「トウカイさんの未練って、誰かと一緒に走ることじゃないんですか？」

少なくとも最初の半年は、トウカイは『炎上ライダー』だった。幽霊になって半年も経ってから、急に人魂を集めて『百鬼夜行ライダー』になった。

幽霊は理由もなく行動を起こさない。本人に自覚があってもなくても、そこには必ず「なんとなく」ではない理由がある。

「誰かと一緒に走ることが理由なら、俺はもうずっと色んなヤツと走っているぜ」

トウカイの笑みが、どこか自虐的になる。明るく闊達とした彼がそういう表情をするということが、タカヤの推測が的外れではないことを証明していた。

（どんな相手でもよかったわけじゃない。それじゃ、未練が解消されなかったから）

トウカイが今の『百鬼夜行ライダー』として完成するまでに半年もブランクがあるのは、本来の未練に繋がるその『相手』を探していたからではないのか。

そして、自由に移動できるトウカイが、未練になるくらいによく知っている相手を半年探して見つからなかったのだとしたら――。

「多分だけど……トウカイさんが本当に一緒に走りたい相手はもう、この世にいない、ですよね？」

恐らくトウカイが未練を持っている相手は、トウカイよりも先に死んでいる。

幽霊の習性は、未練に強く影響される。未練の要因となった相手がまだ生きているのなら、トウカイはその相手の下に現れる霊になっていたはずだ。仲間を探す必要もない。

「トウカイさんがあんまりそこに触れてほしくないっていうの、わかります。誰だって、自分の弱いところなんて見られたくないから。でも、何もわからないまま無理やり成仏させるようなこと、僕はやりたくない。トウカイさんには、後悔なく成仏してほしい」

トウカイは何かを言いたそうに何度か口を開けた後、「あーっ」と言葉にならない声をあげて頭をがしがしとかきむしった。

「そうだな。認めたくねーけど、お前の言う通りだぜ」

トウカイは相棒のバイクをコツコツと叩いて、ため息をついた。

「コイツは、元々弟が欲しがっていたもんだ。免許を取れる年になったら、バイトをして買うんだって張り切ってた。でも、その前に病気になった。だから俺が代わりに買った。退院したら後ろに乗せてやるって、約束した」

だけどその日は永遠に来なかった。トウカイの弟は、約束を果たさないままに死んだのだ。

「俺が事故ったのは、アイツの死に目に会おうと焦っていたからさ。死に目に会うどころか自分も死んでちゃ世話ないな」

トウカイが苦い顔で笑うのを、タカヤはどう答えていいかわからない顔で見つめていた。

きっと彼は、幽霊になった後すぐに弟を探しただろう。幽霊になってでも、約束を果たそうとしただろう。きっと、それが半年のブランクの正体だ。

だけど、弟は見つからなかった。彼は幽霊にならずに、普通に死を受け入れて成仏していたのだ。

病死した人間は、ほとんどが幽霊にならない。じわじわと死を受け入れていくので、未練が残りづらいからだ。一年を通して誰かしらが病死し続けている病院が、幽霊だらけになったりはしないのはそういう理由だ。

弟の代わりに願いを叶えてやったトウカイは、弟を失ったことで生前の約束を果たすことができずに、ずっと日本中を走り続けている。

それは永遠に断つことができない、未練の負の連鎖だ。

未練を断って成仏させる方法が、いつでも完全な形で残っているとは限らない。

タカヤも、その可能性には今の今まで気がついていなかった。どれだけ前向きな人でも、方法がない現実を前にして後悔をしないでいられるわけじゃない。

「そんな顔すんなよ、タカタカ」

トウカイは少しだけ困ったように笑う。頭を撫でようとしたのか手を伸ばして、少し考えてからその手を引っこめた。霊体だから、頭を撫でてやれないことに気がついたのだろう。もしかすると、昔は弟の頭を撫でてやっていたのかもしれない。

「仕方ねえよ。誰だって、死ぬ時は選べない。そうだろ？　死んだ後のことだって選べないなら、せめて自分ができることをしたいじゃないか」

トウカイがわざとらしいくらいに、カラッと笑う。

その笑顔がタカヤには痛々しく見えた。

自分も弟だからわかる。きっとトウカイの弟は、彼が未練に縛られていると知ったら悲しむ。タカヤだってもし春日がこんな風に笑ったら、きっと辛くて申し訳なくてたまらなくなる。まっすぐな人だからこそ、救われてほしい。

「トウカイさん、僕の兄さんなら、貴方を弟さんのところに送ることができると思う。僕はトウカイさんの未練がなくなるまで協力することはできる。だけど、この世に未練を残す今の貴方を送るには力不足なんです」

タカヤは『助霊師』を名乗って幽霊の力になろうとしているけれど、終わりにすることで救われる幽霊に対してはあまりにも無力だ。『強制除霊』できないことが、こんな風に足枷《あしかせ》となるなんて考えもしなかった。

除霊されたら、弟の下へ行ける。未練に関係なく、成仏することはできる。

永遠に断つことのできない未練を抱えて放浪するよりは、すっぱり成仏する方が楽なのかもしれない。

トウカイが望むなら、春日に任せることも選択肢のひとつだ。

だけど――。

「炎上しないように気をつけるから、除霊は勘弁してくれないか？　俺にはまだ、コイツに見せなきゃいけない景色がたくさんあるんだ」

トウカイはそう答えた。元通り、幽霊らしからぬ笑顔を見せた。

「そう……ですか」

「そうだよ。俺だって何も考えずに走ってたわけじゃねーからな」

バイクも一緒に霊になったのは、弟とトウカイ二人分の思い入れがあるからだ。バイクと一緒に報われなければ、彼は納得しない。

だったら、彼の思いにタカヤも応えたい。自分にできる全力で、トウカイが未練を断ち切るための『助霊』をしたい。

「しろがね、力を貸してくれる？　炎上しづらくなると思うし、時間をかけて未練を断っていくなら、きっとこれから何度か必要になると思う」

「そうじゃなぁ。ほれ、祝詞を唱えろ」

いつのまにか元のポメラニアンに戻っていたしろがねが、トウカイのバイクの後ろに飛び乗った。

「ついでにお前が連れてきた人魂も浄化してやる。ひと走り頼もうかの」

「ははっ、ポメラニアンの方がかわいくていいと思うぜ」

「ポメラニアンではない」

ヘルメットを被るトウカイに、たしたしと抗議の肉球パンチを送るしろがねを見て、タカヤはなんだか気が抜けて笑ってしまった。

浄化、浄霊の札を二枚、指に挟む。

「かけまくもかしこき、地の神に申し上げます」

しろがねを乗せて、トウカイのバイクが走り出す。朝日に照らし出された橋の上で、まばゆい光に溶けるように人魂がひとつ、またひとつと消えていく。

「おーい、タカヤ!」

春日が手を振りながら駆けてくるのが見えた。

人魂も、トウカイの影も、春日の姿も、ぼんやり滲んで見える。

声も遠く、遠くになっていく。

(なんとかできそうで、よかったな)

朝の光が、視界の端でキラキラと輝いている。

「おい、タカヤ、しっかりしろって!」

春日の声が妙に近くに聞こえた。

その時にはもう、タカヤの視界は暗転して深い闇の底に落ちていた。

⛩

あれから二日。春日がタカヤに言い渡した除霊期限の日。

マンション前のゆうやけ公園では、詩乃と太陽がベンチで何やら話こんでいる。多分また、ドラマの話をしているのだろう。

タカヤは隣のベンチに座って、春日からの報告を聞いていた。

「いや、マジでどうしようかと思ったぜ。祝詞を唱え終わると同時にぶっ倒れるから、何かあったのかと焦ったのに、まさか寝落ちしてるとはな」

「その節はどうもすみませんでした」

トウカイの浄霊を行った直後、タカヤは寝不足と霊力の使いすぎで昏倒した。春日は何をどうしても起きないタカヤを背負って帰るハメになり、除霊どころではなかったという。

「しろがねが僕の霊力をめちゃくちゃ吸い取ったから……」

あの白い大きな狼の姿は、どうやらしろがねの『真の姿』であるらしい。長く神社が放置されて霊力不足なので、普段は小犬の姿になっているとのこと。

「ワシとて自前の霊力が満ちあふれておったら、お前の霊力を使い尽くさんでもいいし、なんならもっと威厳のある姿で顕現しておるわ」

……というのがしろがねの言い分らしいが、今目の前でプスプスと鼻を鳴らしているポメラニアンを見て、あの巨大な狼の姿と同じ使い魔だと信じるのは無茶がすぎる。

「もしかすると、あの狼のあたりから全部僕の夢だったりとかしない？」

「それじゃと、お前の頑張りも全否定されるけど、よいのか？」

「いやよくない。信じます、しろがね様」

狼の姿になったしろがねがいなければ、トウカイには追いつけなかった。もちろん、その後のタカヤの説得も不可能だった。霊力が尽きて寝落ちするくらいは、些事《さじ》である。かもしれない。多分。

タカヤとしろがねの微笑ましいのかそうでないのか微妙なやりとりを見ながら、春日はやれやれといった様子でため息をつく。

「ま、『百鬼夜行ライダー』は無事に要注意除霊対象からはずれたから、お前的には結果オーライじゃないの？」

「ホント？　じゃあ、トウカイさんに教えないと！」

「喜ぶには早いだろ、本人はまだ未練残してるんだから」

「あっ、そうか。……うん、そうだった」

手放しで喜びかけて、素直に反省してしゅんと縮こまる。

弟のことは、トウカイ自身が折り合いの付け所を見つけるしかない。それは日本中の道路を制覇することなのかもしれないし、もっと別の——たとえば一緒にバイクで走ってくれるような相手を見つけることで解消されるかもしれない。

トウカイが答えを出すまで、タカヤが精一杯サポートをしていくしかなかった。

「気にしすぎるな。幽霊なのに本人は至って元気そうだしな。正直言うと俺だって、要注意除霊対象相手だとただ働きになるから気が進まない」

「生々しい話だ……」

「ボランティアやってるんじゃないんだ。当然だろ。仕事ってのはそういうもんだ」

先輩のアドバイスが骨身にしみる。タカヤはそこはかとなく、胸に刻んだ。

春日にとって、『除霊』は仕事。タカヤにとっての『助霊』はどうだろう。

タカヤも自分のスタンスを守っていくなら、どこかで仕事かそうじゃないかの線引きをしていかなければならない。いずれ一人前になれば『依頼』として幽霊と向き合うことになる。何もかも無条件で引き受けられるなんて、思い上がりだ。

暮れなずむ公園では、レポート地獄から脱した太陽がタブレット片手に詩乃と月ドラ談義をしている。馴染みすぎている友人の姿を見て、タカヤはそっと息をついた。まだまだ自分は甘い。今回だって、太陽と春日、どちらの手も借りた。

しんみりと物思いにふけっていると、公園の入り口に見覚えのあるバイクがやってきた。

「あっ、トウカイさん」

タカヤが浄霊をした後、トウカイにはツーリングの合間にこの公園になるべく寄ってほしいと頼んでいた。炎上しづらくなるように定期的な浄霊をしたいのと、現状確認をしやすくするためだ。

タカヤが駆け寄ると、トウカイはヘルメットを外してニカっと笑う。相変わらず幽霊らしくない人だ。

「トウカイさん、あれから燃えてませんか?」

「おう、おかげさまで快適にツーリングできてるぜ」

グッと親指を突き立てる。仕草もいちいち幽霊らしくない人だ。

タカヤは「あっ、そうだ」と声をあげて、隣のベンチにいる太陽に声をかけた。

「太陽、この前会いたがってた『百鬼夜行ライダー』さんが来たよ」

「えっ、マジで!」

オカルトオタクの太陽は、目を爛々と輝かせる。春日は「元、だけどな」とやや白けた様子でツッコミを入れた。

「なぁに? その『百鬼夜行ライダー』って?」

詩乃はどこか不機嫌そうに、タカヤのところまでふわふわと移動してきた。二人でドラマの話でもしていたのだろうに、太陽がタブレットを放り出して駆けていったので、置き去りにされた気持ちなのだろう。

「詩乃さん、『百鬼夜行ライダー』は全国ネットの都市伝説なんですよ！　いやぁ、思ってたよりワイルドだなぁ！　いかにもライダーって感じ！」

テンションを上げまくりの太陽の語りを、詩乃は「そうなの？」と興味なさそうに聞き流している。

トウカイはといえば、こちらも太陽のことはろくに見ていなかった。

彼はまっすぐにタカヤを――いや、タカヤの隣にいる詩乃を見ていた。

「運命だ！」

突然叫んだトウカイに、タカヤだけではなく太陽も、春日も、詩乃ですらびくりとする。声が大きい。

「すみません、幽霊にあるまじき活力。お名前をうかがっても？」

すすす、と詩乃の前に進み出たトウカイの姿に、タカヤはなんとなく嫌な予感がした。

思わず春日に目配せする。春日も何となく展開に予測がついたようで、頭が痛という顔をしていた。

「え、相楽詩乃ですけど……何か用ですか、都市伝説さん」

「俺は東海道真二郎といいます！　トウカイと呼んでください」

トウカイからやや食い気味にそう言われて、詩乃は少し引いた様子で後ずさる。

「好きです！　一目惚れしました！　俺と一緒にツーリングしてください！」

――そうきたか。ややこしくなった。

トウカイの眼差しが、一層輝く。一方詩乃はといえば。

「イヤ。好みじゃない。私は春日さんみたいなイケメンが好きなの。無精ひげの男臭い人、全然タイプじゃない」

一瞬でトウカイを振った。即レスであった。

しかし、トウカイの目は輝きを失っていない。

「振り向いてもらえるまで頑張ります！」

「イヤだってば！　がんばらなくてもいい！　春日さん、助けて！」

「いや、うん、この際お付き合いしてみれば、お互い未練を断つことができてちょうどいいんじゃないか？　結婚相手と、ツーリング相手が一気に見つかるな？」

詩乃に熱烈に言い寄られたことがある春日は、心なしか目をそらしてそう言った。もちろん、それで詩乃が納得するわけがない。

「いやーーー！　むさ苦しい男と結婚なんて、絶対にいやー！」

「詩乃さん！　俺の女神になってください！　貴方と一緒なら成仏だってできる気がするんです！　俺と一緒に逝きましょう！　弟に紹介したい！」

熱烈に愛を告白するトウカイ。いちいち声がでかい。

「イヤだってば！　私には春日さんがいるの！」

猛烈に拒否しまくる詩乃。春日は「いやいや」と遠い目になった。

完全に置いていかれた太陽が、助けを求めるようにタカヤを見る。

「なぁ、俺完全に蚊帳《かや》の外じゃね？」

「あー、うん、まぁ、僕も正直どうしたらいいか……」

きっと都市伝説に会えると楽しみにしていたのだろうし、散々協力してもらった手前申し訳なくはあるのだが、この事態はタカヤとしても想定外。

「しばらくこの公園に留まってくれそうだし、普通にいつでも会えるんじゃないかな？」

「そうか？　うん、まぁ、それなら……いいのか？」

トウカイの告白と詩乃の拒絶合戦を横目に、太陽がやや真顔で問う。

タカヤはもう一度春日と顔を合わせて、揃って曖昧な笑みを浮かべる。

「この公園も騒々しくなったのう」

自分が祀られた寂れた神社を一瞥《いちべつ》して、しろがねがフスフスと鼻を鳴らした。

第四話

おかえりを言える場所

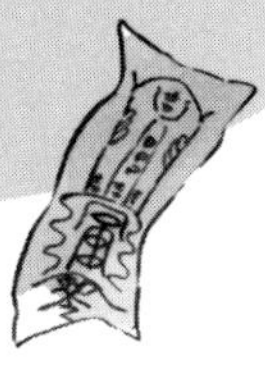

人間は全てこの世に生まれて、死んであの世に行く。それが世界のルールだ。

だけど様々な理由で、死んでもあの世に行けなくなってしまう人もいる。それが幽霊だ。

幽霊は未練に縛られる。だから未練を断ちさえすれば、自然にあの世に旅立つ。

未練が残っていることは、幽霊にとって不幸だ。

「お前は甘い」

きっぱりと、言い放つ声。

気がつくとそこに父が立っていた。

「このままでは家を継がせるわけにはいかん」

低い声で言い放った父に、タカヤは手を伸ばした。

「待って、待ってよ、父さん！」

まだ、自分にできることがようやく見え始めたばかりなのに――。


目覚まし時計の音。

タカヤは天井に手を伸ばした状態で、目を覚ました。

何度かまばたきをして、状況を確認する。朝だ。そして、マンションの自分の部屋だ。

「何で父さんの夢を見たかなぁ……」

ぼやいてみたところで、答えなど出ない。

アラームを止めて、起き上がってあくびを二回ほどかみしめた。そして夢に見た父の顔を思い出して、心なしか背筋を正す。

「おはよう、しろがね」

枕元で丸まっているポメラニアン（狛犬）に声をかけると、しっぽだけがゆらゆらと揺れた。起きる気がない。

顔を洗って、歯を磨いて、朝食には食パンを焼く。最近、トースターを手に入れたので、カリカリのトーストが食べられるようになった。生活のクオリティがじわじわと上がっている。

「今日は午後も講義あるから、帰るのは夕方だね」

「夕方まで毛玉にさせられるのかいの」

「今だって大きな毛玉じゃんか」

丸まって寝る小犬、ほぼ毛玉。

はぁ、とため息をひとつ。しろがねとの一匹と一人暮らしにもすっかり慣れた。たまに実家のご飯が懐かしくなるものの、おおむね問題はない。

問題があるとすれば、ここ二ヶ月ほど、ほぼ普通の大学生生活を送っていることだろうか。ゆうやけ公園に行けば詩乃やトウカイがいる。時には太陽を交えてこの二人と話すのは、最早日常の一部である。

浮幽霊は度々見かける。だけど見かけたからといって、全てが説得できるタイプの霊ではないのである。ほとんど自我のなくなった希薄な霊であれば、手を合わせただけでタカヤの霊力にあてられて即成仏することもあった。

二か月も期間が空いたのは、レポートや課題に追われていたのもある。大学生活をおろそかにするわけにもいかない。『助霊師』をやるために単位を落としたら、それこそ父は永遠に家を継がせてはくれないだろう。

レポートラッシュが終わったころには、季節が変わっていた。そして学業にひと段落がついたからといって、都合よく幽霊が見つかるとは限らない。『助霊師』を標榜してみたものの、そんなにホイホイとタカヤ向けの案件が転がっているわけではないのだった。

というわけで、『助霊師』の仕事は開店休業。ボランティアですらない状況である。

父はタカヤのことを「甘い」と評したが、想定していたのと逆の意味で甘さを痛感することになるとは思わなかった。仕事がない。

かといって、『助霊』をするために困っている霊を血眼《ちまなこ》で探し回るのは、本末転倒だ。それに、何だか人の不幸を願っているようで気が乗らない。

そこまで考えて、父の夢を見た理由がわかったような気がした。今の状況を父が見たらなんというか、容易に想像ができたからだ。

「なんか、理想と現実の差をしみじみ感じるなぁ」

ため息をついていると、いつのまにか起きていたしろがねがバッグに飛びついてシュッと小さな毛玉のキーホルダーに変わった。

「便りがないのはいい知らせじゃ。未練たらたらな存在感の濃い幽霊が、うじゃうじゃいたらたまらんぞ」

「うーん。それは確かに」

毛玉から聞こえる叱咤の声に励まされて、タカヤは普通の大学生として今日も家を出た。

⛩

大学で午後の講義を二コマ終えて、帰路に就く。

今日は太陽がアルバイトで不在だから、帰りも一人だ。

大学帰り、特に用事がない時は、ゆうやけ公園に立ち寄るのがタカヤの日課だ。大抵の場合詩乃かトウカイが、あるいは両方が「おかえり」と出迎えてくれる。公園なのに自宅のような安心感。

トウカイは詩乃にぞっこんで、何かにつけては「シノちゃん、聞いてくれ」とアピールしている。享年が年下だとわかってから、急に親しそうにちゃんづけになっているトウカイもどうかと思う。幽霊歴も加算すれば、恐らく詩乃の方が年上だ。

肝心の詩乃の方はトウカイに恋愛的な興味が一切ないので、彼のアピールは常に一方通行である。

二人が結ばれてくれれば、少なくとも詩乃の未練が解消される。トウカイの自己申告を信じるなら、詩乃とツーリングすれば彼も満足して成仏できるのかもしれない。

が、二人の希望は恐ろしくかみ合わない。まったく世の中は上手くできていないものである。

（今日もきっと告白大会開催しているんだろうなぁ）

ぼんやりとそう思いながらゆうやけ公園に足を踏み入れる。しかし、公園内にいつもの騒々しさはなかった。シンと静まり返っている。

太陽がアルバイトの日ということは、詩乃が彼の家でドラマ視聴にふけっているということはない。トウカイは大体、夕方までには公園に戻っている。昼間から元気にツーリングしている幽霊もどうかとは思うのだが。

一瞬、何かあったのだろうかと心配した。だけどすぐに杞憂《きゆう》だとわかった。

なんということもない。単純に、生きている人間が公園にいるから、幽霊たちは極力大人しくしていただけだった。

大きな公園ができてから、この公園には親子連れの姿がほぼ消えた。夕方の今はなおさら人が来ない。

そんな寂れた公園に、菊の花束を持ってたたずんでいる人がいた。二十代後半くらいの女性だった。詩乃よりは年上に見える。

彼女はベンチに花束を置いて、しばらく手を合わせていた。

タカヤはじっとそれを見ていて、ふと振り向いた女性と目が合った。

「あっ、すみません。僕はその……家が近くで、通りすがっただけなんで、その」

思わずあたふたと言い訳をすると、女性はふっと笑みを漏らした。

「私こそすみません。こんなところでお参りしていたら、変に思われますよね」

ベンチに菊の花束。手を合わせていたのだから、当然それは死者への弔いのはずだった。

だけど、この公園内で人が死ぬような事件があったとは聞いたことがない。少なくとも、タカヤが住んでからこれまでそんな話は聞かなかったし、それらしい幽霊も見ていなかった。

「ええと……その花、お参りですか？　その……あの神社とか」

ここで誰か死んだんですか。そう聞くのもなんだか不躾《ぶしつけ》な気がして、タカヤはとっさに思いつきでしろがねの神社を指差した。鞄についた毛玉が少し揺れたけれど、言いたいことは後で聞くことにする。女性はきょとんとした顔になった。

「いえ、神社ではなくて……」

「あ、そうですよね。すみません！」

ベンチに向かって手を合わせていた人に、神社にお参りもなにもない。しかも菊の花を持っているのに。

あんまりにもタカヤが焦っていたので、気が抜けたのかもしれない。彼女は笑って、ベンチにそっと腰を下ろした。

「このベンチ、父が亡くなった場所なんです」

「えっ？　そうなんですか？　僕、この近くに住んでいるけれど、そんな話は初めてききました」

「もう三年半くらい前ですからね。あ、どうぞ」

「あ、どうも」

促されて、タカヤも彼女の隣に腰を下ろした。長い話になりそうだ。

女性の名前は、遠藤真由美《えんどうまゆみ》。ここからはタクシーで十分ほどの距離に住んでいる。父親は三年前の冬、泥酔した帰りにこの公園のベンチで眠りこんでしまい、そのまま凍死したのだという。

「ちょっと深刻になりきれないような亡くなり方だったんですよね。悲しいばかりよりは、よかったのかもしれないですけど」

「それはなんというか……」

本当にどうかと思う死に方で、なんともフォローしづらい。

「私は一人娘で、母も私が幼い頃に亡くなっているので、父は一人暮らしだったんです。だから結婚した後に夫と話し合って、父をひきとり同居するかたちにしたんですけど、それが嬉しくて浮かれてしまったみたいですね」

「ああ、なるほど」

嬉しくて、飲み歩いて、浮かれたまま死んでしまった。ある意味幸せな死に方だけれど、娘としては気になってしまうのもよくわかる。

（それにしても、お父さんが死んだのに、ずいぶんとあっけらかんと言うんだなぁ）

三年以上経っているとはいえ、自分の身内が死んだ場所に来たら、もう少し湿っぽくなりそうなものだ。だけど彼女の言葉や態度には、悪意がないことはわかる。

「今日は妊娠がわかったので、報告がてらお参りに来たんです。お墓にも行ったけれど、なんとなく父はまだ浮かれてここにいるような気がしたから。初孫ですしね」

その言葉で、タカヤの中でしっくり来た気がした。お祝い事を伝えに来たのだから、どんよりとしたくないという気持ちの現れなのかもしれない。

「おめでとうございます」

「ふふ、ありがとうございます。父も喜んでくれていると思います」

真由美ははにかむように笑って、立ち上がった。

「ごめんなさいね、引き止めてしまって」

「いえ。元気なお子さん、産んでくださいね」

「ええ。本当にありがとう」

頭を下げると、真由美は花束を回収して、公園前でタクシーを停めて去っていった。

子供ができたという話を聞いたせいか、この公園で初めて『助霊』をした時のことを思い出す。もうすぐ弟か妹が生まれると言っていた、サクラという女の子の幽霊。あの世で元気にしているだろうか。

「しろがね、あの人のお父さんはもう成仏したのかな」

毛玉のキーホルダーが、ポンと弾けた。ポメラニアンの姿になったしろがねが、ベンチの前でフスフスと鼻を鳴らす。

「成仏も何も、ここにいるがの」

「へっ?」

振り返ると、先ほどまで菊の花束が置かれていたそのベンチに、白髪のおじいさんがちょこんと座っていた。

「ホントだ!?」

「というか、このじいさんなら最初からずっとおるな。サクラの時にも見たじゃろ」

「あの時のおじいさん!?」

そういえばいた。しろがねに「頼んだら成仏してくれそうな霊を選ぶな」と怒られた時の、あのおじいさんの幽霊だ。

「僕が気づかないなんて……」

「トウカイとは別方向に邪気がない幽霊じゃの。存在感は真逆じゃが」

何せ、ベンチに座ってにこにこしているだけ。むしろ何故成仏できていないのかが気になるほどの、未練の感じられなさ。

「あのー、お名前うかがっても？」

心なしかかしこまって、タカヤはベンチに座り直した。

「私ですか？　鈴木《すずき》文雄《ふみお》と申します」

おじいさんの霊、鈴木さんは穏やかにそう答えた。

「こんな場所で死んだばかりに、お恥ずかしい話を聞かせてしまいましたね」

「あ、いや、死に方は選べないですし」

いつぞやトウカイが言ったことを思い出しながらそう答えると、タイミングよくトウカイが姿を現した。というか、生きている人間がいたから姿を消していただけなのかもしれない。

「鈴木さん、娘がいたんだなぁ」

「トウカイさん、鈴木さんと知り合いなの？」

「いや？　この公園に来てからだな。ただ、乗り物幽霊同士なんとなくシンパシー感じるっつーか」

「乗り物幽霊同士？」

タカヤが首をかしげると、鈴木さんは「いやぁ」とバツが悪そうに頭をかいた。

「お恥ずかしながら、たまに死んでいることを忘れることがあったんですよ。もうろくですかね。それでタクシーを停めて、娘の家までいくんですがね。途中で我に返って公園に戻ってくるんです」

「鈴木さん、その習性のおかげで、消えるタクシー乗客って一部のドライバーの間で有名らしいぜ」

「ええ……」

まさかの乗り物都市伝説繋がり。『消えるタクシー乗客』は全国に流布《るふ》する定番の怪談であるが、まさか賽河市にもいたとは。

「ようやく死んでいることに慣れましてね。だから、ここ一年くらいはやっていませんよ」

「元がつくところも含めて、親近感湧くよな！」

死んでいることに慣れていいのか。そしてトウカイも元気いっぱいに言わないでほしい。

無邪気な怪談都市伝説たちを前に、タカヤはどうしたものかとしろがねを見た。

「なんじゃ、タカヤ。説得するなら好きにせい。ワシは止めん。都市伝説だったのは過去のことのようじゃし、放置していても問題ないとは思うがの」

「そう？」

見たところ、鈴木さんには人間対する害意はない。死んだ時の状況から考えても、恨みつらみが未練になったわけではないだろう。浄霊の必要すらないくらい、未練の気配が薄い。

「鈴木さんは困ったこととかないですか？　僕にできることなら手伝いますけど」

鈴木さんは少しだけ考えて、「特にないねえ」とのんびり答えた。

「私は娘がたまにここに顔を出してくれるだけで、じゅうぶんですよ」

「そうですか……」

自分から会いにいくのをやめて、それで一年過ごしているのだから、『娘の下に戻る』というのは幽霊としての習性ではないのかもしれない。だとしたら、彼をこの世に留めている未練とはなんだろうか。

「ゆっくり考えるんですよ。何せ時間はたくさんあるのでね」

ニコニコと笑う鈴木さんに、トウカイは「それもそうだな！」といつもの幽霊らしからぬ大声でハキハキと答えた。

だけどタカヤは彼の言葉に、どう答えていいのかわからなかった。

⛩

「えっ、消えるタクシー乗客がいんの？　あの公園に？　やっべ！」

バイトから戻ってきたタイミングを見て太陽の部屋に遊びに行き、鈴木さんの話をした時の反応がこれである。安定すぎる。ブレない。

ちなみに、すぐそこでは詩乃が太陽に借りたタブレットで恋愛ドラマを見ている。こちらはこちらでブレない。少し前までは怨霊だったとは思えない。

「幽霊の未練って、残っていたらつらいばかりかと思っていたんだけど、公園のメンツを見ているとそうでもないような気がしてきたよ」

詩乃は見ての通り浄霊後は幽霊なりに日々を満喫しているし、トウカイは言わずもがな。鈴木さんは、タカヤですらしばらく存在に気がつかなかったレベルで気配が薄い。

「オレはタカヤでも気づかない霊がいるってことに驚いたけどね」

太陽のコメントに、タカヤは小さくため息をついた。

「僕も四六時中、霊かどうかを見分けようと思っているわけじゃないから。気をつければ見えるけど、気づきづらい霊もいるよ」

「それが、公園のおじいさんみたいな邪気のない霊ってこと？」

「うん。同じ邪気がないのでも、トウカイさんみたいな自我が強すぎる霊は別だけど」

「ああー、あの人はな……」

太陽も納得する、トウカイの我の強さ。さすがたった一人で全国クラスの都市伝説を作った幽霊である。

「あと、どうしても生きている人間が近くにいると、よほど濃い霊じゃないかぎり見えづらくなる。今回の鈴木さんみたいにね。守護霊とかも、同じ理由で見えづらいよ」

生きている人間に比べれば、どうしても幽霊は存在が『薄い』のだ。父や春日のように、職業柄霊感のある人間と一緒ならかえって存在が強くなるけれども、一般人が相手なら存在感がかき消されても仕方がない。あのトウカイですら、真由美があの場にいる間は存在を感じさせなかった。

「なるほどなー。幽霊にも色々あるんだなー」

「うん、そうだね」

そうなのだが。

どうしてもタカヤには、鈴木さんの未練が気になる。

トウカイのように表面上は出さないようにしている未練が密かにあるのだとしたら、できることなら力になりたいと思う。

ただし、タカヤがそう思ったとしても、鈴木さんが望んでいるとは限らない。本人が困っていないのだから、余計なお世話なのかもしれない。

しろがねは放置していてもいいと言った。ゆうやけ公園にずっといたなら、当然ながらあの公園を神域としていたしろがねだって、タカヤの使い魔になる前から鈴木さんの存在を知っていたはずだ。そんなしろがねが言うのだから、信じていいことなのだろう。

「うーん、僕のエゴなのかなぁ、コレ」

鈴木さんは、何度も娘の家まで様子を見にいっていた。タクシー運転手の間で都市伝説として囁《ささや》かれるくらいに。それをやめたのはなぜだろうか。

（我ながら、どうしてこんなにモヤモヤしてるのかなぁ）

鈴木さん本人は、ただの気のいいおじいさんだった。享年六十五歳。昨今の平均寿命を考えれば若いけれど、早死にというほどでもないだろう。

娘がわざわざお参りしにくるのだから、家族仲も問題なかったはずだ。普通にお弔いもしてもらえているはず。そんな彼が、どうして公園に留まっているのか不思議だった。

「そんなに気になるのなら、本人に理由を聞いてみればよかろ」

しろがねは前足を舐めて毛づくろいをしながら、こともなげにそう言った。

確かに、怨霊でもなく逃げるでもない鈴木さんがそこにいるのに、タカヤが一人で勝手に悩んでいても仕方がない。

覚悟を決めよう。知ることはきっと、無意味ではない。鈴木さんが教えたがらないなら、そこで退けばいいだけのことなのだ。


――と、考えて、翌日さっそくしろがねと連れ立って、鈴木さんのところに行ってみたわけなのだが。

「いやぁ、そんな大層なものじゃあないですよ」

今日もにこにこおっとりと笑う鈴木さんは、タカヤの質問をふんわりと流してしまった。

しろがねは興味がなさそうに、ベンチのかたわらで毛づくろいをしている。鈴木さんが相手では、浄化も浄霊も必要がない。出番がなくてヒマなのである。

タカヤとしては、自然な会話をするためのアシストが欲しかった。

「あの、ご自分でも気づかない未練とかあるかもしれないですし」

ややしどろもどろになりつつ続けると、鈴木さんはほんわかした様子で声をあげて笑った。

「ははは、未練なら自分でもよくわかっております。娘のことは、やはり気になりますからね」

「それじゃ、どうしてタクシーに乗らなくなったんですか？　やっぱり、都市伝説化しちゃったことを気にして？」

「そうですねぇ。運転手さんのご迷惑になってしまいますから」

幽霊は死んだ時の状況を繰り返す。鈴木さんは帰宅途中でこの公園に立ち寄り、そのまま眠ってしまい凍死した。だから「帰宅すること」が目的の霊になるのはおかしくない。

しかし幽霊の習性は魂レベルのものだ。迷惑だからやめよう、と思ってやめられるのなら、それは習性と呼ぶほどのものではなかったのかもしれない。

問題がまるで見えてこないから、鈴木さんの言う「娘のことが気になる」というのが、どの程度の未練なのかわからなかった。

タクシーで帰宅することではなく、娘に対する行動も習性にはならないとすると、鈴木さんはただ公園に座っているだけの霊ということになってしまう。

タクシー運転手を驚かせることがなくなっているのなら、今から要注意除霊対象にはならないと思うが——。

「僕に何かできることって……ない、ですよ、ね？」

心なしか尻すぼみになっていったタカヤに、鈴木さんはといえば。

「これといってありませんかねぇ」

と、穏やかにトドメをさしてくれた。

無論、鈴木さんは悪くない。タカヤ個人の問題である。

何もできない自分を再確認してしまったところで、先日見た父の夢が脳裏《のうり》に蘇《よみがえ》ってきた。見通しの甘さを指摘されたら、その通りだと認めるしかない。

「タカヤ君、別に落ちこまなくてもいいんですよ。私は見ての通り、のんびり気楽に過ごしておりますから」

「いえ……ちょっと自分の父を思い出して、ふがいないなって落ちこんだだけです」

こんなところで、のんびりおしゃべりをしている場合じゃない。だけど何かをやろうと空回りしたところで、実体が伴っていないのなら意味はない。ずっと同じところをぐるぐる回っている気がする。習性だとかいって自分の尻尾を追いかけてまわるしろがねのことを、笑ってはいられない。

「僕、父に修行してくるって宣言して一人暮らし始めたんです。それなのに最近は、ただただ普通の学生生活をしていて。幽霊のことを考えて行動するなんて言っておきながら、口ばっかりだ」

「普通、よいことではありませんか。私は、娘には普通に幸せに暮らしていてほしいですね」

「ははは……、そういう風にシンプルに考えられたらいいんですけど」

「父親は、なんだかんだで子供のことを考えているものです。案外タカヤ君のお父さんも、毎日タカヤくんのマンションに行こうかどうか、迷って思い悩んでいるかもしれませんよ」

「う、うーん、それはどうでしょうか」

自分にも息子にも厳格な父であるから、その辺はきっぱりと割り切っていそうな気がする。それにおおよその現状は、春日が父に報告しているはずである。

（それにしても鈴木さん、本当に娘さん想いなんだなぁ）

これだけ娘のことを気にしているなら、なおさら家に帰りたい気持ちが強くなりそうだ。それでも帰らないのは、もしかすると成仏していないことに娘が気づいたら、哀しい思いをさせると考えたからだろうか。

この人なら、それもありそうだと思った。同じ父親でも自分の父とはまるで違う。

もちろん自分の父が悪い親だとは思わないけれど、厳しい人なのは確かだ。幼少期の『目前で除霊事件』のこともあって、苦手意識があるのは否めない。

鈴木さんならきっと、家庭内でも温厚で愛される人柄だったのだろうと思った。

「娘さんも気にしているみたいだったし、鈴木さんは優しいよいお父さんだったんですね」

急に鈴木さんが立ち上がった。

「……行きますか？」

「え、どこに？」

鈴木さんは都市伝説化する程度にはタクシーに度々乗っていたくらいだから、固定の場所から動けない地縛霊ではない。だから移動してもおかしくはないのだが、完全に意表を突かれた。

「行くぞ、タカヤ」

「あっ、しろがねまで」

鈴木さんとしろがねは、公園の入り口に向かう。それをタカヤが慌てて追いかける。

「タクシー代はありますかね」

追いつくと、鈴木さんがのんびりと尋ねてきた。

「あ、はい。あります」

「よかった。さすがに私も現金は持ち合わせていないのでね。君たちが一緒なら、途中で消えて運転手さんを驚かせることもない」

鈴木さんはタクシーに乗っては、我に返って公園に舞い戻っていた幽霊だ。ということは、目的地は鈴木さんが帰りたかった場所であるわけで。

鈴木さんがどうして急にそんな気になったのか、タカヤにはまだわからなかった。でも、この機会を逃したら永遠にわからなくなる気がして、公園前でタクシーを停めた。

「しろがね、毛玉モードで」

「犬の姿では車に乗れんとは、不便じゃな」

愚痴りつつも毛玉になったしろがねを鞄につけて、タクシーに乗りこんだ。鈴木さんも乗りこんだけれど、当然ながら運転手は気がついていない。

「お客さん行き先は？」

運転手に尋ねられて一瞬口ごもる。すぐに鈴木さんが「石積《いしづみ》六丁目五番ですね」と言ってくれたので、そのまま運転手に伝えた。

タクシーが走り出す。バックミラーには、タカヤは映っているけど鈴木さんは映っていない。うかつに話しかけたら運転手に不審者扱いされそうだったので、十分ほどの道程をひたすら黙って乗っていた。

近いようで遠い、十分間。どれだけ鈴木さんやしろがねと話したかっただろう。そこにいる人と話せないことが、こんなに大変だということを久しぶりに実感した。太陽が全然幽霊を気にしなくなったので、ここのところは隠す必要もなかったからだ。

目的地に近づくと、鈴木さんが「この辺ですね」とおもむろに呟いたので、タクシーを停めてもらった。特に変わったところのない住宅街だ。強いて言うなら建て売りらしい、似通った見た目の一戸建てが多いのが特徴だろうか。

その中の一軒に、鈴木さんは目をやった。

庭先でシーツを干している女性がいる。玄関の柵があるから恐らくこちらには気づいていない。

表札に書いてある苗字は『遠藤』だ。

ここは、鈴木さんの娘の住んでいる家。つまり、鈴木さんが帰ろうとしていた家である。

「いい家でしょう。小さいけれど庭もある」

鈴木さんはニコニコと微笑みながら、我がことのようにそう言った。

タカヤは少し反応に困って、首をひねる。こういう時、どう言うのが正解なのだろう。

その時だった。

「あっ、あの時公園にいた……」

振り返ると、玄関先に真由美が立っていた。うかつだった。住宅街でタクシーが自分の家の近くに止まって、しかも降りた人が玄関のすぐそばに立っていたら気づかれて当たり前だ。

彼女には鈴木さんのことが見えないのだし、せめて立ち止まらずに歩きながら話すべきだった。普段会話する人が幽霊のことをフルオープンにできる太陽や春日なので、すっかり油断していた。久しぶりに、一般人の感覚をきちんと意識して行動しなければ。

猛省しているタカヤを見て、真由美は不思議そうな顔になった。

「この近くには、何か用事で?」

「ええと」

反射的に鈴木さんの方を見たが、彼はゆっくりと首を横に振った。話したいことはない、ようだ。

「この近くに友達の家があって……ぐ、偶然ですね」

「そうなんですか」

さらに怪訝《けげん》な顔をされてしまったけれど、仕方がない。ここで鈴木さんの名前を出すのもおかしいし、何よりも鈴木さん本人が望んでいない。

「じゃあ、僕は約束があるので」

慌てて話を切り上げる。幸い、真由美はそこまで深く考えなかったようだ。おっとりと微笑んで、手を振った。

「はい、気をつけてくださいね」

「ありがとうございます」

スマホで地図を検索するフリをしながら、そそくさと歩き去った。鈴木さんも、黙って後をついてくる。角を曲がったところで、気が抜けて座りこんだ。

「……不審者通報されるかと思った」

鈴木さんはマイペースに笑っている。こうして見ると、真由美と鈴木さんは確かに親子だと思った。笑いながらさらっと流すところがが似ている。

「少し話をしましょう。近くに小さな公園があります。ゆうやけ公園に少し似ているんですよ」

近くの公園まで来ると、鈴木さんはゆうやけ公園で過ごす時と同じように、ベンチの片隅に座る。

「やれやれ、ここなら毛玉にならずに済むのう」

しろがねも元の姿に戻った。他に人はいるけれども、ここなら犬の姿でもタカヤに散歩で連れてこられたようにしか見えないだろう。

タカヤも隣に座った。ブランコで遊ぶ子供の声が聞こえる。親が子供を呼ぶ声も。

大きさはゆうやけ公園と大差ないけれど、ここはずいぶんと賑やかだ。

そのままどれだけ公園の親子を眺めていただろうか。不意に鈴木さんが口を開いた。

「あの家に帰りたい。おかえりと言ってほしい気持ちはまだあるんですけどね」

「僕が代わりに伝えましょうか?」

今から引き返して、実は鈴木さんと知り合っていたとでも言って伝言するくらいなら、問題ないだろう。多少は変な顔をされるかもしれないが、真由美とは一度公園で会って面識がある。サクラの時のようにはならないはずだ。

だけど、鈴木さんはやっぱり首を横に振った。

「伝えたいことは、ないですね。生きているうちならいくらでもあったのでしょうけれど」

「そうですか……」

言い方は柔らかいが、余計なお節介はいらないと言っている風にも聞こえる、出すぎたマネだっただろうかと少し落ちこんでいると、鈴木さんは朗らかに「ははは」と笑ってみせた。

「気にしなくてもよいですよ。娘に合わせる顔がないだけなのです」

「それは、公園で凍死したからですか？」

「それもありますがね。私はねぇ、あまりいい親ではなかったんですよ」

「えっ？　鈴木さんが？」

こんなに穏やかで優しい人が、遠くの公園までお参りに来てくれる娘がいる人が、よい親ではなかったとは。

鈴木さんは少しだけ、苦笑いをした。

「早くに妻を亡くしましてね。娘に不自由させないようにと、ずっと仕事に打ちこんできました。だけど、その分娘のことをちゃんと見ていなかった。金銭的には満ち足りていたかもしれませんが、ついぞ父親らしいことはしてこなかったんです」

鈴木さんが公園の親子を見て、目を細める。それは、かつて自分が過ごせなかった親子の時間を見ているかのようで。

「就職すると同時に、娘は家を出ましてね。ほとんど家にも帰らなくなりました」

「そんな風には見えなかったです」

真由美は父を慕っているように見えた。引き取り同居をするくらいだから、少なくとも鈴木さんが死んだ当時には関係は修復できていたはずだ。

「この話には続きがありましてね。私はとにかく仕事に打ちこんで、お金で苦労をさせないことばかりを考えてきました。おかげさまで、自分の会社も持っていたのです」

鈴木さんの声は穏やかだったけれど、どこか寂しげでもある。

「社長さんだったんですね」

「ええ。小さい会社ですがね。娘の結婚が決まった時も、結婚資金は十分に用意してあげられました」

目を細める鈴木さんの横顔を見ながら、タカヤは静かに耳を傾けた。

「だけど肝心の結婚式当日に会社で大きなトラブルが起きてしまいまして、社長の私が行かないわけにもいかなかったのです。急ぎましたが、結婚式には間に合いませんでした。それからしばらくは、音信不通でしたね」

「ああ、それは……難しい、ですね」

社長という立場を考えれば、トラブルがあった時に部下に丸投げするわけにはいかないだろう。だけど、一生に一度かもしれない結婚式に来てくれなかったというのは、娘の中で相当ショックな出来事だったことは想像できる。元々、疎遠気味だったのなら、なおさらやるせない気持ちになっただろう。

自分の父親に置き換えてみても、恐らく息子の結婚式に仕事でいないなどということは、まずないだろうと思う。誕生日だって、きちんとケーキを用意してくれる程度にはマメな親なのだ。

言葉を濁したタカヤに悪い顔ひとつせず、鈴木さんは語り続けた。

「だけど、私の力を借りずに夫婦で働いてあの家を買ってから、娘にも思うところができたのでしょうね。私が会社を後進に譲って退職すると、急に連絡をしてきてくれたんです」

それで、娘夫婦と一緒に住むことになったのだろう。

嬉しくて嬉しくて、鈴木さんは浮かれながらお酒をたくさん呑んで、そしてゆうやけ公園で眠りこんでしまったということだ。

きっと娘の立場にしてみても、父親と同居するのは簡単な決断ではなかっただろう。わだかまりや葛藤《かっとう》もあったはずだ。それを乗り越えてやっと親子の絆《きずな》を取り戻したのだから、鈴木さんが浮かれるほど喜ぶのは当然だった。

「……なんか、鈴木さんの未練のこと、少しだけわかった気がします」

「そうですか。なんだと思いますか？」

「死んじゃったこととか、家に帰れないことじゃなくて……真由美さんに悲しい思いをさせていること、ですよね？」

娘が自分の死を気にかけている限り、鈴木さんの心残りも消えない。家に帰れなかったことは、たまたまそういう結果になっただけだ。

自分のことなど気にせず、幸せに生きてほしい。きっとそれが鈴木さんの願いなのだ。だから、娘がゆうやけ公園に来なくなるまで、成仏できることはない。

お互いを大切に思えば思うほど、お互いの存在を縛りつけることになる。

家に帰りそうになる度に、鈴木さんはどんな思いでゆうやけ公園に戻って来たのだろうか。

公園で真由美と出会った時のことを思い出す。彼女は父の死の悲しみを感じさせないほど、からりと笑っていた。それは心のどこかで、自分が哀しみ続けていれば父が安心して成仏できないことを察していたのかもしれない。あえて元気に振る舞っていたのではないだろうか。

「どうです？　贅沢な悩みでしょう。だからね、私のことは気にしなくていいんです。初孫を見たい欲だってありますからね」

鈴木さんは、穏やかに肯定した。そして、優しくタカヤを突き放した。

「今はね、遠くで見ているだけでじゅうぶんなんです。不甲斐ない親なのに、ずいぶん孝行してもらいましたから、これ以上心配かけちゃあいけない」

のんびりとしたその声が、子供のはしゃぐ声にかき消されていくようで。

初孫が産まれて元気に育ったら、いつか娘はあの公園を訪ねることもなくなるだろう。生きている家族が大切で、死んでしまった人のことをいつまでも引きずるわけにはいかないから。

「でも、でも、真由美さんだって、本当は鈴木さんと話したいはずです。あんな風に、わざわざお参りするくらいなんだから」

「そうでしょうね。私にはそれが、なんだか娘に申し訳ないことをしたように思えてしまうんですね」

すぐ隣にいるはずなのに、鈴木さんはタカヤがいくら背伸びをしても届かない場所にいる。悔しかった。自分の力不足を痛感した。

「おい、タカヤ」

しろがねが膝に跳び乗って、手の甲をペロペロと舐めた。どうやら励ましてくれているつもりらしい。

タカヤが落ちこんだところで、鈴木さんの気持ちは少しも晴れない。むしろ困らせるだけだ。

「優しいのはね、私ではなくタカヤ君だと思いますよ。こんな年寄りの戯言《ざれごと》にも、きちんと付き合ってくれますしね」

鈴木さんが穏やかな声でそう言った。気を遣われている自分が情けない。

鈴木さんは、怨霊ではない。都市伝説だったのも過去の話で、今はただ存在しているだけの幽霊に近い。しかし、今は成仏する意思がない。サクラの時みたいに、それじゃあ成仏しようか、なんてことにはならない。

「絶対に、何かあるはずなんだ。未練を完全に断つことができなくても、軽くするようなことができたら……」

膝に乗ったしろがねをじっと見て、唇をかみしめる。しろがねの力を借りようにも、浄化や浄霊では鈴木さんの未練はなくならない。真由美に父のことを忘れろと言うのも酷《こく》だ。

しろがねはフスっと一息ついて、タカヤの膝を肉球でぽふっと叩いた。

「ワシには、お前もスズキも納得するような方法があるかはわからん。除霊のことなら、春日やお前の父の方が詳しかろう」

「あ、そっか……」

除霊のスペシャリストが身内に二人もいるのに、アドバイスしてもらうということに気づかなかった。父や春日なら、確かに除霊が難しいケースも知っているかもしれない。

「ありがとう、しろがね。一度、家に帰ってみる」

もうすぐ、家を出てから季節がひとつ過ぎる。

思わぬところで、タカヤは実家に帰る決意をすることになった。

⛩

久しぶりに帰ってきた実家は、少しだけ違って見えた。

前回は夜中に塀を越えて侵入したので、正面から帰るのは数か月ぶりだ。

心なしか背筋を伸ばして、深呼吸する。

それでもしばらくは、普通に入るべきかインターホンを押すべきか悩んで、無駄に右往左往してしまった。

「何やってんだ、タカヤ」

「おわぁ!?」

突然後ろから名前を呼ばれて、タカヤはその場で飛び上がった。

「なんじゃ、春日ではないか」

後ろからてこてことついてきていたしろがねが、春日の足元をフンフンと嗅いでいる。どうやら、春日の帰宅に鉢合わせてしまったらしい。

「こらこら、俺の靴は食いもんじゃないぜ、しろがね」

「しろがね様じゃ」

「あーはい、シロガネサマ」

棒読みで答えた後、春日はタカヤの肩を叩く。

「で、俺には何も言わず実家に帰ってきた理由を、お兄ちゃんに言ってごらん」

にんまりと笑う春日を見て、タカヤはそっと顔をそらした。

「お?　兄ちゃんに言えないようなことか?」

「えーと、その……。兄さんと、父さんに会いに……きました」

なぜか敬語になってしまった。

まさかここで春日に会うとは。想定外。父と会う覚悟はしてきたけど、それより先に兄に事情をツッコまれるとは思わなかった。

「俺と親父に？」

「そ、そう……。『助霊』のことでアドバイスが欲しくて」

「んー、そうか？　まぁ、入れよ」

春日は案外簡単に納得した。古びた門の鍵を開けて、適当に手招きをする。

心なしか恐縮しながら、タカヤはしろがねと一緒に我が家に入った。

寺の境内には、松の木がいくつか。古びた瓦屋根の母屋を見てから、タカヤはもう一度姿勢を正す。

（兄さん、何も聞かないな）

もちろん、春日だってタカヤが泣きごとを言うために家に戻ってきたなんて、思っていないはずだ。そんな覚悟だったら、タカヤを今すぐ家から放り出すだろう。

父だけではなく春日も、そういうところはタカヤに厳しい。

自分で考えて、自分で答えを出さなければ、父も兄も認めてはくれない。だからこそ、助言を聞きにきたことが正しいのか、まだ迷いがある。

「座れよ」

居間まで来ると、春日はタカヤを座らせて台所に立った。二人分のお茶を持って戻ってくると、それをちゃぶ台の上に置いてタカヤの向かいにあぐらをかく。しろがねはタカヤの足元に座って丸まった。

「で、何だって?」

「あのさ、助けたい幽霊がいるんだけども、僕にできることが見つからなくて……」

春日に、鈴木さんのことをかいつまんで説明した。家に帰りたいけど帰れずにいること、娘とのこと、そして娘が父を想い続けるかぎり未練はなくならないであろうこと。ひとつずつ話すにつけて本当にやるせなくなって、うなだれる。

春日はしばらく考えこんだ後、一言こう言った。

「俺なら、その幽霊には手を出さない」

「どうして?」

あまりに即答だったので、思わず食い下がってしまった。春日はため息をつき、ちゃぶ台に頬杖をつく。

「どうしてって、その幽霊は自分でも解決しないことに納得しているからだよ。少なくとも、俺はその幽霊にしてやれることなんて、ないと思う」

春日は『除霊』師だ。タカヤとは違って、それが最善と思えば強制除霊だってする。そんな彼が、強制除霊すらしないと判断したのだ。

「それは鈴木さんが除霊を望んでなくて、強制的に成仏させるほど周囲に悪影響もないから?」

「まぁ、おおむねそんなとこだな。お前もわかってんじゃないか」

「わかってはいる……けど、それでもさ。まだそこに鈴木さんはいるのに、想いも伝えられないなんて……」

「お前らしい悩みだなぁ」

春日は少しだけ困ったような顔をして、お茶を一気に飲み干した。タカヤのやり方に『助霊』と名づけて背中を押してくれたのは春日だ。幽霊の感情を汲んだやり方をしているタカヤが袋小路でもがいているのを見て、少なからず責任を感じてしまっているのかもしれない。

「で、この時間は家にいるはずだけど、親父にも聞いてみるか？」

「……うん、そうする」

春日に意見を聞くだけなら、メールや電話でもよかったし、いつもの公園で待ち合わせてもよかった。あえて実家に来たのは、面と向かって父と話したかったからだ。

タカヤは深呼吸して、自分もお茶を飲み干した。

「行く」

「おう、その意気だ」

春日はタカヤの肩を叩き、立ち上がった。居間を出たので、タカヤも後を追う。しろがねはどうするのかと思ったら、大人しく後ろからついてきた。

縁側を抜けて、母屋の奥へ。父の部屋の前まで来て、春日は一度立ち止まった。

「俺は席を外した方がいいか？」

「ううん。一緒に話を聞いてほしい」

父に助言を求めているところを見られたくないなんて、ムシのよい話だ。それに、春日にはもう本題を知られているのだから、隠す必要はない。

古びた寺だから、父の部屋の扉も襖だ。正座して、深呼吸する。春日も黙ってタカヤの後ろに座った。

「あの、父さん……タカヤです。帰りました。お話ししたいことがあります」

少しの間、沈黙。ほんの少しが永遠に感じた。息が詰まる思いで座っていると、やっと「入っていい」と声がかかった。

襖をそっと開けると、変わらず和服でどっしりと座っている父がいる。ひと季節でそんなに変わるわけがないのだけど、なぜか何年も時間が経ったような気分になった。

春日は一緒に部屋に入ったのに、ここにはしろがねはついてこない。どうやら扉の向こうで待っているつもりらしい。

改まって、しっかりと正座した。背筋も伸ばす。

「突然帰ってきてごめん。別に、根を上げて家に戻りたくなったとかではないんだけど、どうしても父さんに話したいことができたんだ」

父は呆れもせず、かといって嬉しそうにするわけでもなく、ただまっすぐにタカヤを見ている。

「最近、ある幽霊から心残りを聞いて……娘さんのことを気にされているんだけど」

改めて鈴木さんのことを、できるだけ詳しく話し始める。

酔っ払って公園で凍死したこと。それ以来、幽霊になってずっと公園のベンチにいること。

かつては娘さんのいる自宅に帰りたいあまり、タクシーに乗る幽霊になってしまっていたこと。

娘さんと生前すれ違っていたこと。和解した矢先に亡くなったので、娘さんがずっと気にしていること――。

父はタカヤの話を、静かに聴いていた。春日も、横から口を挟んだりしない。

「一人前になるまで戻らないなんて言っておきながらアドバイスは欲しいとか、ムシのいい話だとは思うけれど……」

そこで、父はひとこと「そうか」と呟いて、じっとタカヤを見つめた。

「それで、お前はどうしたい？」

シンプルな問いかけだった。

自分がどうしたいか、どうするべきだと思っているのか。それがなければ始まらない。

タカヤも、しっかりと顔を上げて父を見た。

「僕は鈴木さんの未練を断ってあげたい。鈴木さんは自分から成仏したいとは言わないけれど、せっかく娘さんとわかり合えたのに、こんな形で未練が残るなんてあんまりだ。なんとかしてあげたいけれど、今の僕には方法がわからない」

娘が気にかけるほどに、鈴木さんの未練は深くなる。

詩乃のように、明らかに悪い相手がいるならまだいい。トウカイのように理解し合っていても、死んだ後にはすれ違ってしまうことがある。鈴木さんみたいに、生きている間に通じ合ったことが未練の原因を作ってしまうこともある。

人間の心はいつだって、単純なようで難しい。

「簡単じゃないことはわかってる。苦しみが続くくらいなら強制除霊をするのも、救いではあるんだと思う。でも、簡単じゃないからこそ、少しでも力になってあげたいと思う。だから父さんに、除霊師としてどう思うか聞きたいんだ」

父はしばらく石のように動かず、何やらじっくりと考えこんでいた。春日も黙ったまま、何も言わない。

重い沈黙だった。さっきお茶を飲んだばかりなのに、タカヤの喉は緊張してカラカラになった。多分、時間にすれば数分も経っていなかっただろうに、数時間も経ったような気持ちになったころに、ようやく父は口を開いた。

「この件で、お前にできることはないだろう」

「でも……少しくらいは何かできるはずだ!」

沈黙を破った父に否定されて、タカヤは思わず反論していた。

「確かに僕は、父さんや兄さんに比べたら足元にも及ばないような半人前かもしれないけれど……鈴木さんの助けになりたいんだ」

タカヤなりに、真摯に訴えたつもりだった。だけど、父はこの後にこう続けた。

「お前が私の立場であったとしても、できることはない。除霊師としての力量の問題ではなく、子の親として、私はそう思う」

タカヤは息を呑んで父を見た。父は少しだけ、目を伏せて息をついた。

「生きている内にできなかったことで、死んでからでも取り返せることなどほとんど存在しない。死とは終わりだ」

死とは終わり。その言葉が、タカヤの胸にずっしりと重くのしかかる。

たまたまタカヤには幽霊の姿がはっきり見えて、意思の残っている霊となら会話もできるというだけで、本来死者とはそういうものだ。話すことはもちろん、見ることもできない。父や春日でも、専用の護符や結界がなければ全ての幽霊をはっきり認識するのは難しい。

「親の心子知らずとは言うが、親だって子の心を全て理解しているわけではない。わかり合うのも、孝行するのも、生きている者の特権だ。どちらかが死んだ時点で、どこかで割り切るしかなくなる」

「そんな……こと、は……」

そんなことは、ないと。

言いたかった。もう言えなかった。

親として、と前置きしているくらいだから、仕事の話として割り切って言っているわけではない。父としても、除霊師としても、鈴木さんのケースでしてやれることなど、何もないと言い切ったのだ。

「強制的に除霊することができないではないが、お前はそれでいいのか？」

「それは、やりたくないです……」

「生きている人間に悪影響があるなら、強制除霊もやむをえない場合はあるだろう。だが、すでにその幽霊は無害な存在となっている。時間が解決するのを待つ方がいい。それが人間側も幽霊側も、一番納得できる終わりだろう」

結局、一番の解決方法は時間なのか。

同じ時間による解決でも、詩乃は怨霊ではなくなって幽霊なりに幸せを求めている。トウカイは気ままにツーリングをしながら、いつか弟の下に行く時には意中の相手を紹介しようと前向きに受け止めている。

だけど、鈴木さんはただ待っているだけだ。ただ、最愛の娘が死んだ自分のことを想わないようになってくれるのを、待ち続けているだけだ。忘れ去られることを祈り続けるのは、どんな気持ちだろう。

——今はね、遠くで見ているだけでじゅうぶんなんです。

鈴木さんはどんな気持ちでそう言ったのだろうか。

「僕は……僕は」

ポツ、と熱い滴《しずく》が手の甲に落ちた。

涙がポツリ、またポツリと溢れて落ちる。

きっと、鈴木さんだって何度も娘に存在を伝えようと考えたはずだ。だけどできなかった。

諦めて、タクシーに乗っても途中で思い直して帰るようになった。やがて、タクシーに乗って
しまうことすらなくなった。

それを、どんな想いで――。

何もできない自分が歯がゆくて、情けなくて、悔しくて。

だけど父が理不尽なことを言いたいわけではないことも、理解できている。

涙が止まらない目元をごしごしとこすっていると、父が再び口を開いた。

「……私も、お前にきちんと伝えておきたいことができた」

「えっ？」

顔を上げる。父は珍しく、少しだけ笑っていた。

「春日から聞いた。お前が除霊を嫌がるのは、子供のころ、私がお前の目の前で除霊をしてし
まったからだったな」

「兄さんが？」

思わず涙が引っこんだ。春日を振り返ると、兄は「やべ」とあらぬ方向に目を逸らす。

「春日も弟の心配をしているんだ」

「いやまぁ、原因を伝えておかないと事故るかもしれないし、業務報告だな」

父の言葉に、春日はますますしどろもどろになった。秘密をバラされた形になるけれど、不思議と腹は立たなかった。多分それはタカヤが、春日と父がそれぞれ自分を思いやってくれていると、信じられるからだ。

「まだ小さかったお前の目の前で除霊したのは、私の落ち度だ。しかし、幼い子供の霊は死を自覚しづらい。しかもお前は霊力が高く、幽霊に敏感だった。幽霊が無自覚にお前に取り憑いてしまう可能性があったのだ」

タカヤにとっては、今まさに友達になろうとしていた相手だったかもしれない。だけど、幽霊からすれば生きた身体を乗っ取ることができる相手だった。たとえ幽霊本人にその自覚がなくても、タカヤを害する危険性があったということだ。

「それに、あの時私があの場に行ったのは、銀香が……母さんがお前に幽霊が取り憑きそうだと、連絡をしてきたからだ。急いで行ってみればすでに、一刻を争う事態になっていたのでな。手段を選んでいる場合ではなかった」

母の銀香はさほど霊感が強くなかった。それでも気づいたくらいなのだから、タカヤが気にかける前から、幽霊はタカヤのことを見ていたのかもしれない。そして幽霊の気配を察知した母が、慌てて父に連絡を取った。

今まさに取り憑こうとする霊だったのだから、すぐにでも除霊してタカヤを守らなければならなかったのだ。

感情だけで全てを解決することはできない。だから人に害なすことがないように——怨霊になってしまう前に送るのも、除霊師の仕事と言えるのかもしれない。

あの時の悲しい気持ちがなくなったわけではないけど、父の気持ちも今なら理解できる。

「この機会に教えておこう」

父の話は、幼少期の除霊のことだけではなかったらしい。思わず春日を見たが、今度は心当たりがないらしく、彼は俺じゃないとばかりに首と手を横に振った。

そんな息子たちのやりとりを見て、父はまた少し笑う。

「お前の名前だが、どうして苗字と同じ読みになっているかわかるか?」

「悪霊除け?　だよね?　兄さんや父さんの名前もそう」

除霊師という職業柄、どうしても危険な霊に狙われてしまうことがある。だから高谷家では慣例的に、苗字と名前を混同しやすい風の名づけをしている。家名を名乗らなければ、家までついてこられづらくなるからだ。兄が春日で、父が橘。ちなみに祖父は吾妻《あづま》である。

だけど、タカヤだけは名前と苗字を揃えている。意図的なのはわかっているが、言われてみければ少し謎だった。長年のコンプレックスの元だけに、他に理由があるなら知りたい気持ちはある。

「どんな理由なの?」

「お前は特別霊力が強いから、悪霊にも目をつけられやすい。しかし家の中でなら『どのタカヤかわからない』だろう? その名前は、家族でお前を守るためのものだ」

今の気持ちを、どう表現していいかわからない。

今までずっと、自己紹介をするのにも困ってきた名前だ。不満もたくさんあった。だけど――。

「お前がお腹の中にいたころから、お前の霊力が高いのはわかっていた。だからずっと、お母さんと一緒に考えていた。苗字のような名前にする以上に大変な思いをさせることになるから、ずいぶんと悩んだものだ」

苗字みたいな名前を持っている父が、苗字と名前が同じになることで少なからず大変な思いをすることに、気がつかなかったはずはない。そして、ふざけて名前を考えるような人でもない。

それでも守りたかったから、この名前にした。霊力が強すぎるせいで、息子が少しでも危険な目に遭わないように。

(言ってくれればよかったのに……でも)

言ってくれたところで、自分は素直に納得しただろうか。理解しているようでできていなかった自分は、両親が苦心してつけた名前のことを受け入れられただろうか。

人間も幽霊も、理解し合うことはなんて難しいのだろう。思いやりを持って行動しても、それが百パーセント誰かに伝わるとは限らない。だけど生きているうちに伝えるべきことに、死んだ後から気がついても取り返しがつかない。

取り返しがつかなくなったことに、第三者であるタカヤがそんな終わり方は嫌だと必死になっても、どうにもならないということだ。

「父さん……ありがとう」

幼少期の除霊のことも、名前のことも、タカヤがこうして向き合う勇気を持ったから、父もそれに応えてくれた。

まだお互い生きているのだから、すぐにでも伝えなければならないのだ。

きっと鈴木さんも、タカヤが父のことを気にしている様子だったから、娘のことを話してくれたのだろう。鈴木さん自身の未練のためにではなく、今を生きているタカヤのことを思って。

鈴木さんの件のように何の力にもなれないことだって、これからたくさんあるはずだ。そのひとつひとつに、自分で考えて最良の答えを見つけていかなければならない。単に幽霊が可哀想だからなんて、感情論でしかないのだから。

「父さん、兄さん。まだ一人前には程遠いし、家に戻るつもりはないけれど、やっぱり家は継ぎたいです。父さんや兄さんの負担だって減らしたい。もう少し、僕なりのやり方を試す時間をください」

深々と頭を下げた。甘くて、理想主義で、まだまだ名実が伴っていなくて。

それでも――信じてほしいから。

「――どうしてだ?」

長い沈黙の後、父はそう言った。

「どうして、今ここでそれを言おうと思った?」

少し前のタカヤだったら、みっともなく言い訳を考えて、すげなく言い返されて不満に思ったかもしれない。だけど、今は違う。

「父さん、僕はね、幽霊になりたくないんだ」

「む?」

タカヤの返答は意外なものだったのだろう。父は眉を上げた。春日も後ろで「おい」と声をかけた。

もちろん、考えなしに言ったわけではない。

「どういう意味だ?　それは」

父は呆れるでもなく、まっすぐにそう問いかけてきた。だからタカヤもまっすぐに父を見る。

「人間、いつどんな理由で死ぬかわからない。思ってもみないようなことが心残りになってしまう。望んで未練が断ち切れなくなる幽霊になる人なんて、いないでしょう?」

「まぁ、そうだろうな」

「だから……僕は誰にも未練を残してほしくないし、僕自身も未練を残したくない」

まずは誰よりも自分が思い残すことがなく生きていかなければ、幽霊の未練を断とうなんて胸を張って言えない。ましてや、家族にすら言いたいことを言えないなんて、説得力皆無だ。

「思いを残したままになんてしたくないから……、父さんにも、僕が考えていることをきちんと理解してほしかったんだ」

生きているうちに、生きているからできることをする。

それがタカヤの出した答えだ。もう死んでしまった人を『助ける』ために、大切なこと。

「わかった」

父は、静かにうなずいた。意外だった。また「甘い」と一蹴される覚悟だってしていたのに。

「自分の力を試すのはいい。だが、たまには家に顔を出しなさい。私も春日も、家族なのだから」

「……はい」

高谷家は『除霊師』の家系だ。祖先をたどれば呆れるほど長い家系図ができる。

それくらい昔から、ずっと『除霊』を仕事にしてきた。

きっとタカヤのように霊の後悔に思いを傾けた除霊師は、一人や二人でなくいたはずだ。父や春日のように割り切って、生きている人のために除霊をしている人だって多いだろう。

色んな除霊師がいて、現代までずっとこの家を繋いできた。

長い高谷家の歴史の中で、一人もできなかった「幽霊と対話して成仏させる」最初の『助霊師』に自分がなる。

タカヤの次の代では、またできなくなるかもしれない。それでも何代も先までこの除霊師の家業が続いたとして、タカヤと同じことを感じて、同じように霊を送りたいと考える子孫が現れた時に示すことはできる。前例はきちんとある。実際に霊と対話して霊の未練を断ち切ることはできたのだと。

自分と同じ気持ちを持っている誰かに、諦めてほしくないから。

「父さん、僕は立派な『助霊師』になります。『排除する』んじゃなくて、『助ける』方の『助霊師』に」

今度は感謝の意を込めて、深く頭を下げた。

「なるほど、『助霊師』か。お前らしいな」

いつになく優しい父の声音を聞きながら、タカヤは顔を上げて笑った。

「じゃあ、行ってきます」

「もう行くのか?」

「うん、僕なりにできること、わかってきたから」

「そうか。……タカヤ」

部屋を出ていく前に、父が不意に呼び止めた。

「何？　父さん」

「おかえり」

「それ、今言うの？」

もう家を出るところなのだから、「いってらっしゃい」ではないのだろうか。首をかしげたタカヤに、父は「ふっ」と声を出して笑った。

今日だけで、一年分くらいの父の笑顔を見た気がする。

「親だからな。そりゃあ、子供が帰ってくる方が嬉しいものだ。お前が次に帰ってくるのを楽しみにしているよ」

おかえり、という言葉は、帰ってくる相手だからこそかけられる言葉だ。逆に言えば帰ってこられない人には、かけられない。おかえりを言えることは、言ってくれる場所があるのは、とても幸せなことだ。

「ありがとう、父さん。行ってきます」

改めて口にすると、今まで何気なく言ってきた「行ってきます」にも、かすかな寂しさと温もりが感じられる気がした。

⛩

「お前の父親は圧が強いのう」

父の部屋を出るとしろがねが廊下に丸まって寝転んでいた。口ぶりに反して、くつろぎすぎではないだろうか。

「しろがね、ついてくれば父さんに紹介できたのに」

「いらん。ワシはお前の使い魔じゃ。お前の父とは関係ない」

つれない一言。

「でもさぁ、僕の使い魔ってことは、高谷家とも無関係じゃ——」

「ワシは高谷家と契約した使い魔じゃない。あくまでお前個人と契約している使い魔だということを忘れるではないぞ。そしてここは高谷家の結界の中じゃ。当主に会うなんぞ、他人の庭に入りこむようなもんじゃな」

「あ、なるほど……」

この家は、言ってしまえば高谷家と契約した神々の神域。その神域の守り手である父としろがねは、何の繋がりもない。タカヤが契約したからと言って、しろがねは高谷家の神々においそれと関わるわけにはいかないのだ。

神様には神様なりの、道理の通し方があるらしい。勉強になった。

「それにお前、父親との対面にワシが割りこむのはどう考えても無粋じゃろ」

「えっ、そんな理由だったの？」

だけど、言われてみれば確かにとも思う。厳格な父と対話するポメラニアン。一気にシリアス感が薄れる。

「お前が一人前になったら、高谷家の神使に改めて挨拶させてもらうかの」

「その時は、しろがねも高谷家の契約に入るってこと？」

「そういうことになるかの。継ぐんじゃろ、この家を」

「うん、頑張るよ」

しろがねの額を撫でる。すると、タカヤに続いて出てきた春日が、横からしろがねの背中をもしゃもしゃと撫で始めた。

「弟を頼むぜ、シロガネサマよ」

しろがねは春日の態度が気に入らないらしく、ブスッと不機嫌そうに鼻を鳴らした。

最近タカヤは鼻を鳴らす音で、このポメラニアンの機嫌がわかるようになってきた。『助霊』には特に関係ないスキルである。

幸か不幸か、しろがねの不機嫌は春日に伝わらなかったようだ。撫でるのをやめると、春日はタカヤに視線を移した。

「お前、俺が父さんに告げ口したの、気にしてないのな」

「別に告げ口じゃないでしょ。兄さんなりに心配してくれたのはわかってる」

「そうかい」

春日はそれ以上その話題を続けることはなく、ブレスレットにしていたみつるぎを蛇に戻して、しばらく戯れていた。

使い魔といえば。タカヤは自分に使い魔ができて以来、密かに気になっていたことがあった。

「兄さんって、どうしてみつるぎを選んだの？」

「ん？　カッコいいと思ったから」

「ウソでしょ。そんな理由？」

「そんな理由だよ。だって、俺がコイツを選んだ時って、まだ十歳のガキだぞ」

なるほど、それなら確かにカッコよさで選ぶかもしれない。

「ワシの毛並みもたいしたものじゃぞ」

しろがねが謎の対抗意識を燃やし始めたので、モフモフと撫でてやった。しろがねが不機嫌にならない撫で方は、すでに熟知している。ポメラニアンの姿はかわいいばかりだけど、本来の姿ならしろがねだって負けていないくらいにカッコいい。

この使い魔と一緒に、これからも『助霊』をしていく。

「兄さん、僕はさ。やっぱり死んでからでも、後悔が少しでもなくなるならいいなって思うんだよ」

生きている人間のように前に進むことはできない幽霊たちだから、思い残しはしてほしくない。

春日はふはっ、と気が抜けたような声で笑って、みつるぎを首元に巻いて撫でてやっていた。

「お前、霊力が高い人間が当主になる理由、父さんから聞いただろ」

「えっ、いや……聞いた、けど」

自分が継げなかった時に、春日にかかる負担を考えて一念発起したところがあるので、本人に指摘されるのはなんだか気まずい。

「あんまお兄ちゃんをナメんなよ？　お前はまだまだ高谷家の使い魔の一柱だって従えられてないんだからな。みつるぎだってお前のことはまだ認めてない。しろがねが特別に目をかけてくれてるんだからな」

「ぐぬっ」

思わず押し黙ると、足元でポメラニアンがプスッと鼻息を吹いた。笑うんじゃない。

「現時点では、俺が家を継ぐ方がずっと安全ってことだ。悔しかったら、霊力以外でお兄ちゃんに勝ってみろ」

「言われなくても。僕にだってプライドがあるんだからね」

「まぁ、除霊する対象すらないわけじゃから、だいぶ空回りしておるがの」

「しろがね！」

事実だけど、今のいい感じに決意表明した場面では言ってほしくはなかった。

が、春日が何やらメモ用紙らしきものを持って、ニヤニヤとしている。

「ここに、正式な除霊依頼がなくて、存在は知られているが除霊は後回しになっている幽霊の所在リストがあるわけだが」

静かに、即座に頭を下げた。

「ください」

「どうしよっかなぁ」

「お兄様、護符いっぱい作るので、どうかそのリストをお譲りいただけないでしょうか」

「驚くほど簡単にプライドを捨ておったの」

しろがねのツッコミが耳に痛いが、それはそれ、これはこれである。そもそも、どこにいるかもわからない、成仏したくてもできない幽霊を総当たり戦のように探して歩くのは現実的じゃない。除霊師ネットワークを活用しない手はないだろう。

「うーん、そうだなぁ」

春日はなおもったいぶって、みつるぎの額を指で小突くなどしている。タカヤの頭はますます低くなったが、やがて「ぶっは」と耐えかねたような笑い声が聞こえた。

「……兄さん」

「悪い悪い。お前の覚悟はわかったよ。今後もよろしく頼むぜ、後輩。こんなメモがなくても、俺の方からお前に依頼をしたくなるような『助霊師』になってみせな」

「それは……これからの成長にご期待ください」

「ははは、今でも赤ちゃんから幼児くらいには成長してるぜ」

「はい……」

リストのメモをもらいながら、タカヤは素直に反省した。

春日とは兄弟だし、後継ぎはまだタカヤではある。だけど、仕事の上ではまだまだ春日の足元にも及ばない。こうして春日の手を借りているうちは、半人前から先には行けないのだ。

これから、自分の力で困っている幽霊を探せるように、方法を考えていかなければ。

玄関先まで来ると、しろがねが早く来いとでもいいたげに先に立つ。

——夏の終わりに、この家を出た。

その時は、しろがねはまだいなかった。

まだ『助霊』どころか、自分に何ができるかも曖昧でふわふわしていた。だけどなぜかやればできるような気持ちになって、スタートラインにすら立っていないうちから走り出した。

きっと父や春日からしたら、危なっかしくて考えなしで、やる気だけで空ぶっているように見えただろう。

それでも家に連れ戻すことも、勘当することもしなかったのは、二人がタカヤのことを信じてくれたからだ。

タカヤにできることは、同じくらいに兄と父を信じて恩を返すことだと思う。

「兄さん、父さんによろしく」

「ああ。たまに顔出せよ。もう家出じゃないんだから」

「うん」

「行ってきます」

タカヤはしろがねと一緒に、『助霊師』としての新たな一歩を踏み出した。

⛩

ゆうやけ公園では、今日もベンチの片隅に鈴木さんが座っている。

タカヤはしろがねと一緒にそこまで行って、鈴木さんの隣に腰を下ろす。

「鈴木さんの未練、なんとかできないかなって色々考えたんですけど……」

鈴木さんはいつも通りニコニコと笑って、タカヤの言葉に耳を傾けている。散々どうにかしてあげたいと気をもんでいただけに、できることがなかったとは言いにくい。

「その……ですね」

「大丈夫ですよ」

こうなることがわかっていたかのような、シンプルな鈴木さんの返事が肩にずっしりとのしかかる。また気を使われてしまった。

「君は本当に優しい子ですね」

「どうでしょう？　独りよがりになってばかりな気もします。結局未練のことで力になれなくて、なんだかちょっと申し訳ないです」

一人で考えこんで、必死になって、勝手に落ちこんでいる。空回りしているだけと言われたら否定できない。

それでも、せめてできることから少しずつやっていこうと思う。

「あの……たとえば、娘さんがまたここに来た時に声をかけるとか、そういうことならできると思うんです」

タカヤの提案に、鈴木さんは「おや」と少し驚いたように目を見開いた。

「出産の報告を聞いたら、鈴木さんの代わりに何かお祝いのものを送ることだってできます」

死んでしまったらそれまでかもしれないけれど、タカヤは生きている。そして、幽霊の声を聞くことができる。だから生きている人間しかできないことで、娘との橋渡しをすることならできるのだ。

「僕ができる範囲で、鈴木さんができないことを代わりにやります」

それが、タカヤの出した答えだ。

少しでも早く未練が断てるように、生きている人間だからこそできることをする。

鈴木さんは、少し驚いたような顔をした。

出すぎたマネをしてしまっただろうか。少し心配だったけれど、鈴木さんは笑った。今まで見たどの時よりも優しく、安心したような顔で笑ったのだ。

「それじゃあ、初孫が生まれた時にはお願いしますかね」

「ええ、ぜひ！」

鈴木さんが満面の笑みを見せた。今までとは同じようで少し違う、建前ではない本当の笑顔。

「僕、がんばります。僕だからできること、これから少しずつ見つけていきます」

死んでしまった人のことを、綺麗な思い出として昇華するのは、生きている人間の役目だ。死んだ人間は、見送られることしかできない。もう「おかえり」とは言ってもらえない。

立ち止まるしかできない幽霊の代わりに、少しでも未来に繋げられるように。

鈴木さんは目を細めて、誰もいない公園を見つめる。誰もいないけど、今は幽霊がいる。詩乃とトウカイが、今日もああだこうだと言い合っている。もう少ししたら、大学帰りの太陽が加わるかもしれない。

「ありがとう、タカヤ君。君のおかげで、幽霊になった後でも私は楽しい思いができています」

「それはよかった」

フスフスと鼻を鳴らすしろがねを撫でてやりながら、タカヤも公園を眺めた。

西日が傾いて、空は金色だ。公園のベンチや遊具も、黄昏の金に染まっている。

（ここが、行き場のない魂に『おかえり』を言えるような場所になるといいな）

夜に至る前の束の間の金色に、タカヤは願った。

どうかこの場所が、幽霊にとって心残りを癒せる場となりますように――。

⛩

賽河市の住宅街。いつも人があまりいない「ゆうやけ公園」には、他のどの公園にもないであろうことがいくつかある。

ひとつは、公園の片隅に小さな神社があること。

もうひとつは、幽霊のたまり場になっていること。

タカヤは今日もおまんじゅうを持って、神社の小さな社に供えて手を合わせた。

「神はこちらにいるんじゃが、手を合わせる意味があるのかの？」

かたわらでポメラニアン、もとい神社の主であるしろがねが尻尾を振っている。

「こう、信仰を集めているっぽさを出していく方がよくない？」

「そもそも、この公園にはお前と太陽以外、ほとんど来ないからのう」

ぼやきながら、しろがねは横からおまんじゅうをひとつ口にくわえていった。

「あっ、こら、しろがね！」

「供えられたんじゃから、これはワシのものじゃ」

手を合わせる意味を尋ねておきながら、お供えはちゃっかりといただく。この土地神、いい性格をしている。

そもそも、ポメラニアンもとい狛犬におまんじゅうを与えてもいいのか。本犬が気にしていないのでいいのかもしれないが、疑問が残る。

「ねぇ〜、太陽んちで見た新作の連ドラがね！　もう、すっごくよくて！　タカヤも見ない？　恋バナしようよ〜」

「詩乃姉さん、満喫してますね」

ことあるごとに太陽の部屋に入り浸っている詩乃は、今季のドラマがいたく気に入ったらしい。太陽だけではなく、タカヤまで巻きこもうとしてくるとは相当である。

しかし、十年単位で怨霊になっていたとは思えないほどの、現世の謳歌《おうか》ぶり。未練のすべて断つには時間がかかると思っていたけれど、ドラマの動向が別の意味で未練にならないかとちょっと心配になる。

「シノちゃん！　恋バナなら、俺としようぜ！」

バイクに跨ったトウカイがすかさず横入りをする。

詩乃は白けた様子で「イヤ」と即答した。

「そう言わず、俺と一緒にロマンチックなツーリングとかどうだ！」

「せめて無精ひげを剃って、汗臭《そ》そうなライダースーツをやめてから言ってくれる？」

詩乃のドライな返答を見れば、望みがないとわかりそうなものだ。しかし、トウカイは持ち前の不屈の精神で前向きに解釈する。

「つまり、ひげを剃ればワンチャンあるってことか？」

「うーん、どうしよっかなぁ」

それは第三者から見れば明らかにはぐらかしだったが、トウカイはやはり前向きだった。めげない、へこたれない。

「タカヤ！　幽霊の外見って変えられるのか？」

「いや、基本的には外見を意識的に変えるのは無理だと思いますよ」

幽霊の姿は死んだ時に決まる。その人が死んだ時に着ていた服のこともあれば、思い入れのある服装や、馴染み深い服装であったりする。だが、タカヤも着替えたりひげを剃ったりする幽霊は見たことがない。

ひげを剃ったくらいで、詩乃好みの男になるとも思えなかった。何せ、詩乃の好みは春日のようなオシャレなイケメンで、ワイルド系のトウカイとはほぼ真逆である。

そして、前提条件でいうならもうひとつ、大きな問題がある。

「っていうかトウカイさん。ツーリングも何も、詩乃姉さんは地縛霊だから公園かマンションにしかいられないですからね」

「そうだった！」

今の今まで、気づいていなかったらしい。トウカイは大げさなしぐさで頭を抱えて、地面にうずくまる。

「俺の情熱はどこに向ければいいんだ！　あの世で弟にヨメさんを紹介したいのに」

「幽霊は結婚できないですよ。そもそも詩乃姉さんに、相手にされてないじゃないですか」

「そうだった！」

そうだった、じゃない。絶対にわかっていない。

しかし、元気なことはいいことなのかもしれない。ずっと未練にしがみついて鬱々としているよりは、ずっといい。

「いやあ、青春ですね。私も妻とのことを思い出します。最初はずいぶん冷たくされたものですよ」

「鈴木さん……」

トウカイに変な方向性の夢を与えないでほしい。

しかし、温厚なおじいさんは今日も平和にベンチでニコニコ笑っている。

ゆうやけ公園。

永遠の黄昏に立ち止まっている幽霊たちが、思い思いに過ごす場所。

未練や後悔を断ち切れずに、まだ旅立つことができない魂の居場所。

立ち止まる時は、この場所に来てほしい。この場所が幽霊にとって「おかえりなさい」と言ってもらえる場所であってほしい。そしていつか旅立つ時が来たら、「いってらっしゃい」と言いたい。

「しろがねと契約してから、まだ数ヶ月しか経ってないんだね。もう何年も一緒にいるような気がする」

「初めての時は、メソメソ泣いておったの」

「それは忘れてくれる?」

「ついこの間も、父のところでメソメソしておったな」

「わかった、おまんじゅうの余りもあげるから」

自分で食べるつもりだったまんじゅうも、ポメラニアンの口に突っこんだ。フスフスと上機嫌な鼻息が聞こえる。目的はこれか。

（まぁ、いっか）

普段お世話になっている使い魔だ。これくらいの恩返しはしておくべきだろう。

「しろがねが使い魔になってくれて、本当によかった。ありがとう」

しろがねは食べかけのまんじゅうをポロリと落として、尻尾をピンと立てた。

「なんじゃ、褒めてもまんじゅうはもう返せんぞ」

「そこは素直に受け取ってくれない？」

ため息をついていると、しろがねはピョンと跳ねてタカヤの膝に乗った。

「受け取りはするぞ。お前にはワシの毛並みをフカフカする権利を授けよう」

せっかくなので、毛をフカフカする。何気に手触りがよくて気に入ってはいる。相変わらずポメラニアンにしか見えないけれど。

「ワシもお前には礼を言わねばならぬ」

「ん？　どうしたの、急に」

「あの日、お前がワシを見つけた。この公園の片隅で、忘れられていくはずだったワシを、使い魔に迎えた。だからワシは消えずに済んでおる」

「それって、僕が来なければ消えるかもしれなかったってこと？」

「信じる者がいなくなった神社というのは、そういうものじゃ」

「……そっか」

モフモフとしたしろがねの毛の下に、命の温かさがある。もちろん、土地神であるしろがねの身体は人間とは違っているのだろうけど、このぬくもりは血の通った人間とよく似ている。

「それじゃ、僕がいるかぎりしろがねは安泰《あんたい》だね」

「そうじゃな、せいぜい長生きをすることじゃ」

「もちろん。僕の子供や孫にだって、しろがねのことはしっかり伝えていかないと」

「まぁ、子供や孫以前の問題として、お前に結婚するような相手ができるかどうかもわからんが……」

この先きっと、タカヤは今日のこの時のことを思い出すだろう。

「そこは信用してよ、確かにカノジョいないし、友達も太陽しかいないけど！」

友達ができた時、恋する相手ができた時、家族が増えた時。様々な場面で、この使い魔とのささやかだけど大切なひと時のことを思い出すだろう。

生きて前に進める人間でなければ、継げないこともある。家だってそうだし、信仰だってそうだ。幽霊の未練を断ち切ることも、その内に入るだろう。

「しろがね、今日は学校に憑いた幽霊のところに行ってみよう」

「やれやれ、使い魔づかいが荒いのう」

口ではそう言いつつも、尻尾はピンと立っている。

少しだけ笑って、先をとてとてと歩くポメラニアンの後を追う。

新米『助霊師』は、今日も地道に修行中である。

この作品は書き下ろしです。

IIV

黄昏公園《たそがれこうえん》におかえり

著　　者　藍澤李色《あいざわりいろ》
イラスト　雛川《ひなかわ》まつり

2021年8月25日　初版発行

発 行 者　鈴木一智

発　　行　株式会社ドワンゴ
〒104-0061
東京都中央区銀座4-12-15 歌舞伎座タワー
IIV編集部:iiv_info@dwango.co.jp
IIV公式サイト:https://twofive-iiv.jp/
ご質問等につきましては、IIVのメールアドレス
またはIIV公式サイト内「お問い合わせ」よりご連絡ください。
※内容によっては、お答えできない場合があります。
※サポートは日本国内のみとさせていただきます。
※Japanese text only

発　　売　株式会社KADOKAWA
〒102-8177
東京都千代田区富士見2-13-3
https://www.kadokawa.co.jp/
書籍のご購入につきましては、KADOKAWA購入窓口
0570-002-008(ナビダイヤル)にご連絡ください。

印刷・製本　株式会社暁印刷

ISBN978-4-04-893086-4　C0093
Printed in Japan